Oliver Sacks

Die feine New Yorker Farngesellschaft

Eine Reise nach Mexiko

Aus dem Englischen übersetzt
von Dirk van Gunsteren

liebeskind

Die Originalausgabe erschien 2002 unter dem Titel
»Oaxaca Journal« bei der National Geographic Society
in Washington, D.C.

Umschlagmotiv und Illustrationen: Dick Rauh
Typografie und Satz: Frese Werkstatt, München
Herstellung und Gestaltung: Sieveking · Agentur, München
Druck und Bindung: Friedrich Pustet, Regensburg

ISBN 978-3-95438-109-8

Für die Amerikanische Farngesellschaft – und
für Pflanzenfreunde, Vogelbeobachter,
Taucher, Sterngucker, Steinsucher, Hobby-
forscher und Amateurnaturkundler in aller Welt.

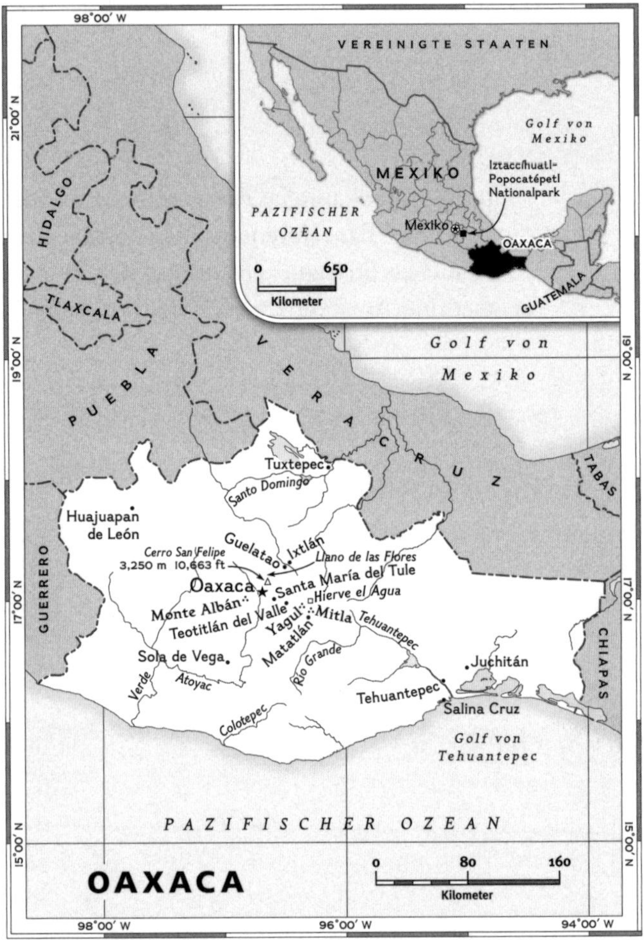

98°00′ W
VEREINIGTE STAATEN
Golf von Mexiko
MEXIKO
Iztaccíhuatl-Popocatépetl Nationalpark
PAZIFISCHER OZEAN
Mexiko
OAXACA
0
650
Kilometer
GUATEMALA
21°00′ N
HIDALGO
TLAXCALA
PUEBLA
VERACRUZ
19°00′ N
Golf von Mexiko
Tuxtepec
Santo Domingo
TABAS
Huajuapan de León
Guelatao
Ixtlán
Cerro San Felipe
3,250 m 10,663 ft
Llano de las Flores
Oaxaca
Santa María del Tule
Hierve el Agua
Monte Albán
Teotitlán del Valle
Yagul
Mitla
Matatlán
Tehuantepec
GUERRERO
17°00′ N
CHIAPAS
Sola de Vega
Verde
Atoyac
Río Grande
Juchitán
Tehuantepec
Salina Cruz
Colotepec
Golf von Tehuantepec
PAZIFISCHER OZEAN
15°00′ N
OAXACA
0
80
160
Kilometer
98°00′ W
96°00′ W
94°00′ W

Inhalt

Vorwort

Ich habe die naturkundlichen Forschungsberichte des 19. Jahrhunderts stets mit Genuss gelesen. In ihnen verschmilzt das Wissenschaftliche mit dem Persönlichen – das gilt besonders für Wallaces' *Der Malayische Archipel*, Bates' *Elf Jahre am Amazonas* sowie Spruce' *Notes of a Botanist* und selbstverständlich für das Werk, das sie alle (und auch Darwin) inspiriert hat: Alexander von Humboldts *Ansichten der Natur.* Mir gefiel der Gedanke, dass Bates, Spruce und Wallace zur selben Zeit des Jahres 1849 in derselben Gegend des Amazonasgebiets unterwegs waren, dass ihre Wege sich ständig kreuzten und dass sie obendrein gute Freunde waren. (Ihr Leben lang korrespondierten sie miteinander, und nach Spruce' Tod gab Wallace seine *Notes* heraus.)

Sie alle waren in einem gewissen Sinne Amateure – Autodidakten, die aus eigenem Antrieb handelten und keiner Institution angehörten – und sie lebten, so schien es mir manchmal, in einer glücklicheren Welt, in einer Art Paradies, das noch nicht von den geradezu mörderischen Rivalitäten einer zunehmend professionalisierten Welt infiziert und erschüttert war (jener Art von Rivalität, die H. G. Wells in seiner Erzählung »Die Motte« so eindringlich beschrieben hat).

Diese angenehme, unverdorbene, vorprofessionelle Atmosphäre, die nicht von Egoismus und dem Verlangen nach Ruhm und Prestige, sondern vielmehr von Abenteuerlust und Staunen geprägt ist, hat sich, wie mir scheint, hier und da erhalten: in gewissen naturkundlichen Gesellschaften und Amateurvereinigungen, in denen sich Astronomen wie Archäologen zusammengefunden haben und von deren stiller und doch bedeutsamer Existenz die Öffentlichkeit kaum etwas weiß. Das Gefühl, eine solche Atmosphäre vorzufinden, bewog mich, Mitglied der Amerikanischen Farngesellschaft zu werden und Anfang des Jahres 2000 zusammen mit anderen eine Reise nach Oaxaca zu unternehmen, um dort Farne zu studieren.

Und nicht zuletzt war es der Wunsch, diese Atmosphäre zu erforschen, der mich veranlasste, während dieser Reise ein Tagebuch zu führen. Es gab natürlich noch andere Gründe: die Tatsache, dass ich ein Volk, ein Land, eine Kultur, eine Geschichte kennenlernte, von denen ich beinahe nichts wusste – das war wunderbar, ein Abenteuer ganz eigener Art –, sowie der Umstand, dass jede Reise in mir den Wunsch weckt, ein Tagebuch zu führen. Seit ich vierzehn war, habe ich auf meinen Reisen Tagebuch geführt, und in den eineinhalb Jahren seit meinem Besuch in Oaxaca war ich in Grönland und Kuba, habe in Australien nach Fossilien gesucht und hatte auf Guadeloupe Gelegenheit, eigenartige neurologische Befunde zu studieren, und all diese Reisen sind in Tagebüchern dokumentiert.

Keines dieser Tagebücher erhebt Anspruch auf Vollständigkeit oder wissenschaftliche Akkuratesse; sie sind leicht, fragmentarisch, impressionistisch und vor allem persönlich.

Warum schreibe ich Tagebücher? Ich weiß es nicht. In erster Linie vielleicht, um meine Gedanken zu klären, um meinen Eindrücken die Form einer Erzählung oder Geschichte zu geben, und zwar in »Echtzeit«, nicht rückblickend oder durch die Vorstellungskraft verändert, wie es etwa bei Autobiografien oder Romanen der Fall ist. Ich schreibe diese Tagebücher nicht in Hinblick auf eine Veröffentlichung. (Lediglich die Tagebücher, die ich in Kanada und Alabama geführt habe, erschienen dreißig Jahre später und eigentlich eher zufällig als Artikel in *Antaeus.*)

Hätte ich dieses Tagebuch schönen sollen, es erweitern und systematischer, kohärenter machen sollen, wie ich es bei meinen Büchern über Mikronesien und mein »verlorenes Bein«[1] getan habe, oder hätte ich es unverändert lassen sollen wie meine Tagebücher über Kanada und Alabama? Ich habe mich für einen Mittelweg entschieden und kurze Passagen (über Schokolade, Gummi und andere mittelamerikanische Dinge) sowie verschiedene kleine Exkurse eingefügt, die Aufzeichnungen selbst jedoch so belassen, wie sie waren. Ich habe nicht einmal versucht, einen herkömmlichen Titel dafür zu finden. In meinem Notizbuch stand lediglich *Reise nach Oaxaca.*

O. W. S.
Dezember 2001

KAPITEL 1

Freitag

Ich bin unterwegs nach Oaxaca, wo ich mich mit ein paar botanisch interessierten Freunden zu einer Farnexkursion treffen werde. Ich freue mich, dass ich dem eisigen New Yorker Winter für eine Woche entfliehen kann. Im Flugzeug – es ist eine Maschine der AeroMexico – herrscht eine Atmosphäre, wie ich sie noch nie erlebt habe. Kaum haben wir abgehoben, da stehen alle auf, unterhalten sich im Mittelgang, packen Provianttaschen aus, stillen Säuglinge: Im Handumdrehen entfaltet sich ein buntes Leben wie in einem mexikanischen Café oder auf einem Markt. Man braucht nur an Bord zu gehen, und schon ist man in Mexiko. Die »Bitte anschnallen«-Zeichen leuchten noch, doch niemand kümmert sich darum. In spanischen und italienischen Flugzeugen habe ich Ansätze dieses Gefühls bemerkt, doch hier ist es viel ausgeprägter: ringsumher diese spontane Fiesta, diese sonnige, fröhliche Atmosphäre. Es ist unerhört wichtig, andere Kulturen zu erleben und zu sehen, wie außergewöhnlich, wie regional sie sind und wie un-universell die eigene ist. Welch eine steife, freudlose Atmosphäre herrscht auf den meisten nordamerikanischen Flügen. Ich beginne zu glauben, dass mir dieser Besuch gefallen wird.

Heutzutage ist so wenig Freude »gestattet« – und dabei soll man sich doch am Leben erfreuen, oder nicht?

Als das Essen serviert wird, wünscht mir mein Nachbar, ein freundlicher Geschäftsmann aus Chiapas, *»Bon appétit!«* und sagt es dann noch einmal auf Spanisch: *»¡Buen provecho!«* Ich kann die Speisekarte nicht lesen und sage Ja zu dem ersten Gericht, das mir angeboten wird. Das ist ein Fehler, denn es erweist sich als Empanada, und dabei wollte ich lieber Hühnchen oder Fisch. Meine Schüchternheit und mein Unvermögen, andere Sprachen zu sprechen, sind leider ein Problem. Ich mag die Empanada nicht, esse aber der Akkulturation halber ein bisschen davon.

Mein Nachbar will wissen, warum ich nach Mexiko reise, und ich erzähle ihm, dass ich an einer botanischen Exkursion durch Oaxaca im Süden des Landes teilnehmen werde. An Bord dieses Flugzeugs aus New York sitzen noch einige andere Teilnehmer; die anderen werden wir in Mexico City treffen. Als er hört, dass dies mein erster Besuch in Mexiko ist, preist er sein Land in den höchsten Tönen und leiht mir seinen Reiseführer. Ich muss mir unbedingt den riesigen Baum in Oaxaca ansehen – er ist Tausende von Jahren alt, ein berühmtes Naturwunder. Ich antworte, dass ich schon in meiner Jugend von diesem Baum gelesen und Fotos von ihm gesehen habe und dass er tatsächlich zu den Dingen gehört, die mich bewogen haben, nach Oaxaca zu fahren.

Derselbe freundliche Nachbar hat bemerkt, dass ich die unbedruckten letzten Seiten und sogar die Titelseite eines Buches herausgerissen habe, um darauf zu schreiben. Als ich mit Sorge den Zeitpunkt kommen sehe, da ich kein Papier mehr haben werde, reicht er mir zwei Bögen aus seinem Schreibblock. (Ich habe meinen Schreibblock und das Notizbuch idiotischerweise im Hauptgepäck gelassen.)

Ihm ist auch nicht entgangen, dass ich die Empanada bestellt habe, weil ich offenbar keine Ahnung hatte, was das ist, und dass ich sie dann ebenso offenbar nicht mochte, und so reicht er mir abermals den Reiseführer und rät mir, das zweisprachige Verzeichnis mexikanischer Speisen zu lesen und mir die dazugehörigen Fotos anzusehen. Ich soll zum Beispiel auf den Unterschied zwischen *atún* und *tuna* achten, denn das spanische Wort *tuna* bezeichnet nicht den Thunfisch, sondern eine Kaktusfeige. Sonst bekomme ich immer Obst, wenn ich Fisch haben will.

In dem Reiseführer finde ich ein Kapitel über mexikanische Pflanzen. Ich frage meinen Nachbarn nach »mala mujer«, der Bösen Frau, einem gefährlich wirkenden Baum mit nesselartig brennenden Härchen. Er erzählt mir, dass junge Burschen Zweige dieser Bäume in Kleinstadt-Tanzsäle werfen, damit die Mädchen und überhaupt alle sich ununterbrochen kratzen müssen. Nach seinen Worten rangiert so etwas zwischen Streich und Verbrechen.

»Willkommen in Mexiko!«, sagt mein Nachbar, als die Maschine aufsetzt, und fügt hinzu: »Sie werden sehen, dass es ein ungewöhnliches und sehr interessantes Land ist.« Und als das Flugzeug zum Stehen kommt, reicht er mir seine Karte und sagt: »Rufen Sie mich an, wenn ich

Ihnen während Ihres Besuches in unserem Land irgendwie helfen kann.« Ich gebe ihm ebenfalls meine Adresse – da ich keine Visitenkarte habe, muss ich sie auf einen Papieruntersetzer schreiben. Ich sage ihm, dass ich ihm eines meiner Bücher schicken werde, und als ich sehe, dass sein zweiter Vorname Todd ist (»Mein Großvater stammte aus Edinburgh«), erzähle ich ihm von der Todd'schen Lähmung, einer kurzen Lähmungserscheinung, die zuweilen auf einen epileptischen Anfall folgt, und verspreche, auch eine kurze Biografie von Dr. Todd beizulegen, dem schottischen Arzt, der diese Lähmung als Erster beschrieben hat.

Die Freundlichkeit und Höflichkeit dieses Mannes haben mich tief berührt. Ist das eine typisch lateinamerikanische Höflichkeit? Eine persönliche? Oder nur die gewöhnliche Höflichkeit, wie man sie bei einer kurzen Begegnung in einem Zug oder Flugzeug an den Tag legt?

....

In Mexico City haben wir drei gemütliche Stunden – jede Menge Zeit bis zum Anschlussflug nach Oaxaca. Als ich mit zwei anderen unserer Gruppe zum Mittagessen gehe (bislang sind wir noch Fremde, doch in den nächsten Tagen werden wir einander recht gut kennenlernen), fällt der Blick des einen auf das kleine Notizbuch in meiner Hand. »Ja«, sage ich, »ich werde vielleicht ein Tagebuch führen.«

»Da werden Sie genug Material haben«, antwortet er. »Eine so seltsame Gruppe von Spinnern findet man so leicht kein zweites Mal.«

Nein, es ist eine wunderbare Gruppe, denke ich – begeistert, unverdorben, kooperativ, vereint in der Begeisterung für Farne. Es sind Dilettanten, Liebhaber im besten Sinn des Wortes, obgleich etliche von uns über ein mehr als professionelles Wissen verfügen und enorm beschlagen sind. Er fragt mich nach meinen Interessensgebieten und meinen speziellen Kenntnissen über Farne. »Da muss ich passen ... Ich bin nur aus Neugier dabei.«

Am Flughafen werden wir von einem Hünen begrüßt. Er trägt ein kariertes Hemd, einen Strohhut und Hosenträger und ist soeben aus Atlanta eingetroffen. Er stellt sich und seine Frau vor: David und Sally Emory. Er hat mit John Mickel (unserem gemeinsamen Freund, der diese Exkursion organisiert hat) das College besucht: Oberlin 1952. Damals war John noch im Grundstudium, während David bereits auf seinen Abschluss zusteuerte. Er war es, der Johns Interesse für Farne geweckt hat, und er freut sich schon auf das Wiedersehen mit ihm in Oaxaca. Seit ihrer Studienzeit vor beinahe fünfzig Jahren haben sie sich nur zwei- oder dreimal gesehen, jedes Mal bei botanischen Exkursionen, und jedes Mal waren die alte Freundschaft und Begeisterung gleich wieder da. Zwar stammen sie aus verschiedenen Orten und Zeitzonen, doch wenn sie einander begegnen, sind die Gesetze von Raum und Zeit aufgehoben, und sie sind vereint in ihrer Liebe, ihrer Leidenschaft für Farne.

Ich gestehe, dass meine eigene Liebe mehr den sogenannten Farnartigen als den Farnen gehört: den Bärlappgewächsen (*Lycopodium*), den Schachtelhalmen (*Equise-*

tum), den Moosfarnen (*Selaginella*) und den »Urfarnen« (*Psilotum*). Auch davon werden wir viele sehen, versichert mir David. Bei der letzten Exkursion nach Oaxaca im Jahr 1990 wurde eine neue Lycopodienart entdeckt, und es gibt dort zahlreiche Moosfarne; einer davon, der sogenannte »Auferstehungsfarn«, wird auf Märkten verkauft: eine flache, scheinbar vertrocknete bräunlich-grüne Rosette, die wunderbarerweise zum Leben erwacht, sobald es regnet. Und außerdem gibt es in Oaxaca drei Schachtelhalmarten, fügt er hinzu, darunter auch eine der größten der Welt. »Aber *Psilotum*«, frage ich eifrig, »was ist mit Psilotum?« *Psilotum* auch, sagt er – beide Arten.

....

Schon als Kind haben mir die primitiven Schachtelhalme und Bärlappgewächse gefallen, denn sie waren die Ahnen, aus denen alle anderen Pflanzen entstanden sind.[2] Vor dem Natural History Museum in London, wo ich aufgewachsen bin, gab es einen Fossiliengarten mit den versteinerten Stämmen und Wurzeln riesiger Bärlapp- und Schachtelhalmgewächse, und drinnen standen Dioramen, in denen dargestellt war, wie die uralten Wälder des Paläozoikums ausgesehen haben mögen, mit riesigen, dreißig Meter hohen Schachtelhalmen. Eine meiner Tanten hatte mir in den Wäldern von Cheshire heutige Schachtelhalmarten mit ihren steifen, gelenkartig verdickten, von kleinen, knotigen Zapfen gekrönten Stängeln gezeigt, die nur einen halben Meter hoch waren. Sie hatte mich auch auf die winzigen Bärlappe und Moosfar-

Psilotum sp.

ne hingewiesen, doch die primitivste Pflanze von allen konnten wir nicht studieren, denn *Psilotum* kommt in England nicht vor. Andere, ähnliche Pflanzen – die Psilophyten – waren die Pioniere, die ersten Landpflanzen, die ein vaskuläres System entwickelten, mit dessen Hilfe sie Wasser durch die Stängel transportieren konnten, und dies ermöglichte es ihnen vor 400 Millionen Jahren, die nackte Erde zu bevölkern und allen, die nach ihnen kamen, den Weg zu bereiten. *Psilotum* wird zwar manchmal als »Urfarn« bezeichnet, ist jedoch eigentlich gar kein Farn, denn es hat weder richtige Wurzeln noch Wedel, sondern nur einen homogenen, gegabelten grünen Stängel, nur wenig dicker als eine Bleistiftmine. Doch trotz seines unscheinbaren Aussehens war es eine meiner Lieblingspflanzen, und ich hatte mir vorgenommen, es eines Tages in freier Natur zu sehen.

Ich bin in den Dreißigerjahren in einem Haus aufgewachsen, dessen Garten voller Farne war. Meiner Mutter gefielen sie besser als blühende Pflanzen, und obwohl an den Mauern Rosen emporrankten, war der größte Teil der Beete für Farne reserviert. Wir hatten auch ein Gewächshaus, in dem es immer warm und feucht war. Dort hing ein großer Quastenfarn, und dort gediehen auch die zarten Hautfarne und andere tropische Arten. Manchmal ging meine Mutter oder eine ihrer ebenfalls botanisch interessierten Schwestern sonntags mit mir zu den Kew Gardens, und dort sah ich zum ersten Mal Baumfarne mit sechs bis zehn Meter hohen Wedeln und Nachbildungen der Farnschluchten in Hawaii und Australien. Ich fand, dass dies die schönsten Landschaften waren, die ich je gesehen hatte.

Meine Mutter und meine Tanten hatten ihre Leidenschaft für Farne von ihrem Vater, meinem Großvater, geerbt, der in den Fünfzigerjahren des 19. Jahrhunderts aus Russland nach England gekommen war, wo damals noch die Pteridomanie – die große viktorianische Begeisterung für Farne – grassierte. Wie zahlreiche andere Häuser verfügte auch das, in dem sie aufwuchsen, über Terrarien – sogenannte Ward'sche Kisten –, in denen verschiedene und manchmal seltene, exotische Farnarten wuchsen. In den Siebzigerjahren des 19. Jahrhunderts hatte sich diese Begeisterung größtenteils wieder gelegt (nicht zuletzt, weil durch sie einige Arten ausgestorben waren), doch mein Großvater behielt seine Ward'schen Kisten bis zu seinem Tod im Jahr 1912.

Farne gefielen mir wegen ihrer Schnörkel, ihrer eingerollten Blatttriebe, ihrer viktorianischen Erscheinung (die zu den geklöppelten Sesselschonern und Spitzenvorhängen in unserem Haus passte). Doch auf einer tieferen Ebene erfüllten sie mich mit Staunen, weil sie so uralt waren. Die Kohle, mit der wir unser Haus heizten, war, wie meine Mutter mir sagte, unter starkem Druck aus Farnen und anderen primitiven Pflanzen entstanden, und wenn man ein Stück Kohle teilte, fand man manchmal den fossilen Abdruck eines Farnwedels. Farne hatten mit geringfügigen Veränderungen 350 Millionen Jahre überdauert. Andere Lebensformen (wie zum Beispiel die Dinosaurier) waren entstanden und wieder ausgestorben, doch die scheinbar so schwachen, empfindlichen Farne hatten alle evolutionären Wechselfälle, alle anderen untergegangenen Arten überlebt. Mein Bewusstsein von einer prähistorischen Welt, von gewaltigen Weltzeitaltern, wurde durch Farne und ihre Fossilien geweckt.

....

Alles fragt: »Zu welchem Gate müssen wir?« Irgendjemand sagt: »Gate 10. Ich habe gehört, wir müssen zu Gate 10.«

»Nein, Gate 3«, sagt ein anderer. »Da oben steht's, an der Anzeigetafel: Gate 3.« Ich habe das seltsame Gefühl, dass zu diesem Zeitpunkt die Nummer des Gates, durch das wir müssen, noch gar nicht feststeht. Ein Gedanke ist, dass es nur *Gerüchte* über verschiedene Nummern gibt, bis schließlich eine gewinnt. Oder dass das Gate im Heisenberg'schen Sinne undeterminierbar ist und erst im allerletzten Moment (in dem, wenn ich mich recht entsinne, »die Wellenfunktion zusammenbricht«) determiniert wird. Oder dass das Flugzeug oder vielmehr seine Wahrscheinlichkeit zeitgleich von verschiedenen Gates startet und alle denkbaren Wege nach Oaxaca zurücklegt.

Leichte Anspannung, man sitzt herum, die Gate-Frage ist endlich geklärt, wir warten auf den Aufruf. Unsere Maschine sollte um 16.45 Uhr starten – jetzt ist es 16.50 Uhr, und wir sind noch nicht mal an Bord. (Dabei steht das Flugzeug schon bereit.) Weitere Begrüßungen, man lernt einander kennen. Wir sind neun – acht andere und ich. Ich habe mich für den Augenblick ein wenig zurückgezogen, sitze ein paar Meter von der Gruppe entfernt und schreibe in mein Notizbuch.

Fast immer spüre ich die Doppelheit des teilnehmenden Beobachters. Es ist, als wäre ich eine Art Anthropologe, der das Leben der Spezies *Homo sapiens* auf dem Planeten Erde erforscht. (Das ist wahrscheinlich der Grund, warum ich mit dem Titel meines Buches *Eine Anthropologin auf dem Mars* Temple Grandin zitiert habe – ebenso wie sie bin ich eine Art Anthropologe, ein »Außenseiter«.) Aber gilt das nicht für jeden Schriftsteller?

Schließlich gehen wir an Bord. Mein neuer Sitznachbar gehört nicht zu unserer Gruppe. Er ist ein älterer Mann mit Glatze, schweren Lidern und gepflegtem Vollbart, der eine Cola light mit Rum bestellt. (Ich nippe gesittet an einem Tomatensaft.) Als ich die Augenbrauen hochziehe, sagt er lächelnd: »Da sind weniger Kalorien drin.«

»Warum dann nicht auch Rum light?«, antworte ich.

....

17.25 Uhr: Wir fahren endlos lange auf dem riesigen Rollfeld herum, ruckelnd, sodass ich nicht schreiben kann. Diese gewaltige Stadt – möge Gott ihr beistehen – hat 18 Millionen Einwohner (andere Schätzungen sprechen von 23 Millionen) und ist eine der größten und schmutzigsten Städte der Welt.

17.30 Uhr: Wir haben abgehoben! Als wir die Dunstglocke über Mexico City, die sich von einem Horizont zum anderen zu erstrecken scheint, unter uns gelassen haben, sagt mein Nachbar: »Sehen Sie den Vulkan dort? Er heißt Ixtaccíhuatl. Sein Gipfel ist immer mit Schnee bedeckt. Und der Berg daneben, dessen Gipfel in Wolken gehüllt ist, das ist der Popocatépetl.« Mit einem Mal ist er ein anderer Mensch. Er ist stolz auf sein Land und will es dem Fremden zeigen und erklären.

Der Popocatépetl mit seinem jetzt deutlich sichtbaren Krater und die hohen, schneebedeckten Gipfel neben ihm sind ein atemberaubender Anblick. Es wundert mich, dass auf diesen Gipfeln Schnee liegt, während der höhere Vulkankegel schneefrei ist – wahrscheinlich ist die vulkanische Wärme auch ohne Eruption so groß, dass der Schnee schmilzt. Wer diesen Ring erstaunlicher, magischer Gipfel gesehen hat, versteht, warum die alte aztekische Hauptstadt Tenochtitlan hier gegründet wurde, in 2500 Metern Höhe.

Mein Nachbar (er trinkt jetzt seine zweite Cola mit Rum, bei der ich ihm Gesellschaft leiste) will wissen, warum ich nach Mexiko gekommen bin. Aus geschäftlichen Gründen? Um Urlaub zu machen? »Eigentlich weder noch«, sage ich. »Ich bin wegen einer botanischen Exkursion hier. Wir interessieren uns für Farne.« Er ist fasziniert und spricht über seine eigene Vorliebe für Farne. »Man sagt«, füge ich hinzu, »dass es nirgendwo in Mexiko so viele Farnarten gibt wie in Oaxaca.«

Der Mann ist beeindruckt. »Aber Sie werden sich doch hoffentlich nicht auf Farne beschränken?« Er spricht wortreich und begeistert von den präkolumbianischen Kulturen: von den verblüffenden mathematischen, astronomischen und architektonischen Fähigkeiten der Maya, die lange vor den Griechen den Wert Null gekannt hätten und deren Symbolik und Kunst hoch entwickelt gewesen sei. Tenochtitlan habe mehr als 200.000 Einwohner gehabt. »Mehr als London, mehr als Paris, mehr als jede andere Stadt zu jener Zeit mit Ausnahme der Hauptstadt des chinesischen Kaiserreichs.« Er erzählt von der Kraft und der robusten Konstitution der Ureinwohner und dass es Stafettenläufer gab, die im Dauerlauf die vierhundert Kilometer lange Strecke von Tenochtitlan zum Meer zurücklegten, damit die königliche Familie täglich frischen Fisch essen konnte. Von dem erstaunlichen Kommunikationsnetz der Azteken, das nur noch von dem der Inka in Peru übertroffen wurde. Einiges von ihrem Wissen und ihren Leistungen, schloss er, erscheine geradezu übermenschlich – als wären sie tatsächlich »Kinder der Sonne« oder Besucher von einem anderen Planeten gewesen.

Und dann – kennen alle Mexikaner die Geschichte ihres Landes so gut, sind sie so selbstverständlich in ihr, in diesem schmerzhaften Bewusstsein der Vergangenheit zu Hause? –, und dann kamen Cortés und die Konquistadoren und fielen nicht nur mit neuen Waffen, sondern auch mit neuen Krankheiten über ein Volk her, das bis dahin weder Pocken noch Tuberkulose, Geschlechtskrankheiten oder auch nur Schnupfen gekannt hatte. Vor der spanischen Eroberung hatten in Mexiko 15 Millionen Azteken gelebt, doch nach nur fünfzig Jahren waren nur noch drei Millionen übrig, und diese waren verarmt, erniedrigt und versklavt. Viele waren einfach getötet worden, doch die Mehrzahl war hilflos den von den Europäern eingeschleppten Krankheiten erlegen. Auch die Religion und Kultur der Ureinwohner wurden ihres Reichtums beraubt, verwässert und von den fremden Traditionen und religiösen Riten der Konquistadoren verdrängt. Daraus entstand jedoch eine fruchtbare, gehaltvolle Verbindung, eine kulturelle wie biologische Vermischung der Rassen. Mein Nachbar spricht vom »doppelten Naturell«, von der »doppelten Kultur« Mexikos und der Mexikaner, von den positiven wie negativen Komplexitäten einer solchen »doppelten Geschichte«. Und dann, als wir zum Landeanflug ansetzen, spricht er von den politischen Strukturen und Institutionen des Landes, von der Korruption, von der Ineffizienz, von den extremen Einkommensunterschieden: In Mexiko gebe es mehr Milliardäre als in jedem anderen Land, ausgenommen die USA, aber auch mehr Menschen, die in entsetzlicher Armut leben müssten.

....

Als wir in Oaxaca aus dem Flugzeug steigen, sehe ich im Flughafengebäude John und Carol Mickel, meine Freunde aus dem Botanischen Garten in New York. John ist Experte für Farne der Neuen Welt, insbesondere für die Farne Mexikos. Er hat allein in der Provinz Oaxaca mehr als sechzig neue Farnarten entdeckt und (mit seinem jüngeren Kollegen Joseph Beitel) in dem Buch *Pteridophyte Flora of Oaxaca, Mexico* die über siebenhundert dort vorkommenden Farne beschrieben. Besser als jeder andere weiß er, wo diese Arten zu finden sind, und kennt ihre geheimen und manchmal wechselnden Standorte. Seit seiner ersten Reise im Jahr 1960 ist John oft in Oaxaca gewesen, und er war es auch, der diese Exkursion organisiert hat.

Sein eigentliches Spezialgebiet ist zwar die Systematik, also die Identifizierung und Klassifizierung der Farne, das Aufspüren evolutionärer Verwandtschaften und Affinitäten, doch wie alle Pteridologen ist er ein Allround-Botaniker und Umweltschützer, denn man kann nicht Farne in ihrer natürlichen Umgebung studieren, ohne ein gewisses Verständnis dafür zu entwickeln, warum sie ausgerechnet dort wachsen und in welcher Beziehung zu anderen Pflanzen und Tieren und deren Lebensräumen sie stehen. Johns Frau Carol ist keine studierte Botanikerin, doch ihre Begeisterung und ihre vielen Jahre mit John haben sie beinahe so fachkundig gemacht wie ihn.

Ich habe John und Carol an einem Samstagmorgen im Jahr 1993 kennengelernt. Ich wohnte damals in der Bronx, nicht weit vom Botanischen Garten, und an diesem Samstag machte ich dort einen Spaziergang mit meinem Freund Andrew. Wir schlenderten in das alte Museumsgebäude, und Andrew, der mich des Öfteren von Farnen hatte schwärmen hören, machte mich auf eine ausgehängte Ankündigung eines Treffens der Amerikanischen Farngesellschaft aufmerksam. Ich war neugierig – von dieser Gesellschaft hatte ich noch nie gehört –, und so wanderten wir durch das Labyrinth des Museumsgebäudes und fanden schließlich in einem Raum im Obergeschoss die aus etwa drei Dutzend Leuten bestehende Versammlung. Sie hatte etwas seltsam Altmodisches, Viktorianisches an sich. Es hätte ebenso gut das Treffen einer Vereinigung von Amateurbotanikern in den Fünfziger- oder Siebzigerjahren des 19. Jahrhunderts sein können. John Mickel war, wie ich später erfuhr, einer der sehr wenigen professionellen Botaniker in der Gruppe.

»Das sind Leute, bei denen du dich wohlfühlen wirst«, flüsterte Andrew mir zu, und wie üblich hatte er recht. Es waren tatsächlich Leute, bei denen ich mich wohlfühlte – und sie schienen mich als einen der Ihren, als einen Farnbegeisterten zu erkennen und willkommen zu heißen.

Es war eine eigenartige, bunt zusammengewürfelte Gruppe hauptsächlich älterer Menschen. Viele waren Pensionäre, doch es gab einige, die in den Zwanzigern waren, darunter auch Angestellte des Botanischen Gartens, die in den Gewächshäusern oder in der Gartenbauabteilung arbeiteten. Mehrere Mitglieder waren Akademiker – Ärzte oder Lehrer –, es gab ein paar Hausfrauen, und einer war Busfahrer. Einige wohnten in der Stadt und hatten nur ein paar Blumenkästen an den Fenstern ihrer Wohnungen, andere lebten auf dem Land und hatten große Gärten oder sogar Gewächshäuser. Es war offensichtlich, dass die Begeisterung für Farne sich nicht auf die üblichen Verdächtigen beschränkte, dass sie, unabhängig vom Lebensalter, jeden packen und einen Teil seines Lebens in Anspruch nehmen konnte. Ich erfuhr, dass einige der Anwesenden hundert Kilometer und mehr gefahren waren, um bei diesem Treffen dabei zu sein.

Ich muss häufig an Kongressen von Neurologen und Gehirnforschern teilnehmen, doch das Gefühl, das ich hier hatte, war ganz und gar anders: Eine solche Atmosphäre der Freiheit, der Leichtigkeit, ein so völliges Fehlen jeglichen Konkurrenzdenkens hatte ich bei einer professionellen Versammlung noch nie erlebt. Bald ging ich regelmäßig zu diesen monatlichen Treffen – vielleicht wegen dieser Leichtigkeit und Freundlichkeit, wegen der Begeisterung und Leidenschaft für botanische Dinge, die alle verband, vielleicht aber auch, weil ich hier keine berufliche Verpflichtung spürte. Ich war noch nie zuvor ein überzeugtes Mitglied irgendeiner Gruppe oder Vereinigung gewesen, doch jetzt freute ich mich auf den ersten Samstag des Monats; die Zusammenkünfte der AFG versäumte ich nur, wenn ich im Ausland oder ernsthaft krank war.

....

Die New Yorker Sektion wurde 1973 von John Mickel gegründet, doch die Amerikanische Farngesellschaft existiert bereits seit den Neunzigerjahren des 19. Jahrhunderts. Sie wurde von vier Amateurbotanikern ins Leben gerufen, die ausgiebig miteinander korrespondierten. Einer von ihnen veröffentlichte ihre Briefe in Form des *Linnaean Fern Bulletin*, und dies weckte das Interesse von Farnliebhabern im ganzen Land.

Die Gründer der Amerikanischen Farngesellschaft waren also Amateure, ebenso wie einige Jahre zuvor die Gründer der Torrey Botanical Society – einer anderen botanischen Gesellschaft, die sich, unter dem Vorsitz des berühmten Botanikers John Torrey, mit allgemeineren botanischen Fragen beschäftigte – und ebenso wie die ersten Mitglieder der British Pteridological Society in den Neunzigerjahren des 19. Jahrhunderts. Noch heute, hundert Jahre später, besteht die AFG hauptsächlich aus Amateuren; nur ein kleiner Teil der Mitglieder sind studierte Botaniker. Aber was für Amateure das sind! Da ist der alte Tom Morgan, den ich bei jenem ersten Treffen 1993 kennenlernte und der seitdem bei praktisch jeder Zusammenkunft dabei war. Tom hat einen langen weißen Bart und große Ähnlichkeit mit Charles Darwin. Er besitzt ein enormes Fachwissen und ist unermüdlich, obgleich er seit einigen Jahren an der parkinsonschen Krankheit leidet und sich kürzlich die Hüfte gebrochen hat. Das kann ihn nicht bremsen: Er klettert in den Adirondacks und den Rocky Mountains herum und stapft durch die Regenwälder von Costa Rica und Hawaii, wo er, ausgerüstet mit Kamera und Notizbuch, neue Spezies und Hybriden bestimmt (eine von ihm entdeckte *Asplenium*-Hybride heißt nun *Asplenium x morganii*), merkwürdige Standorte von Farnen und eigenartige Wechselbeziehungen zwischen Farnen und anderen Pflanzen und besonderen Lebensräumen dokumentiert oder ungewöhnliche Verwendungsarten von Farnen beschreibt (beispielsweise den Verzehr von jungen Trieben in verschiedenen Kulturen oder das Trinken von Natterfarntee). Er ist, wie Darwin, der Inbegriff des Amateurnaturkundlers und zugleich mit den neuesten Erkenntnissen der Evolutionstheorie und der Genetik vertraut. Und doch ist das alles für Tom, der früher Physiker und ein Pionier auf dem Gebiet der Materialkunde war, nur ein Hobby, ein Zeitvertreib. Tom kennt Oaxaca bereits und hat mich gedrängt, an dieser Exkursion teilzunehmen. Er wird nicht dabei sein – dieses Jahr fährt er nach Puerto Rico.

Schon seit Jahrhunderten leisten Amateure in der Feldforschung bedeutende Beiträge. Im 18. Jahrhundert waren viele von ihnen Geistliche, wie zum Beispiel der Pfarrer William Gregor, der in einem schwarzen Sand seines Sprengels das neue Element Titan entdeckte, oder wie Gilbert White, dessen *Natural History of Selbourne* noch immer zu meinen Lieblingsbüchern gehört. Diese Amateurnaturkundler verfügen über die besondere Gabe, Einzelheiten wahrzunehmen und festzuhalten; zugleich besitzen sie ein außergewöhnliches Ortsgedächtnis sowie eine Liebe zur und ein lyrisches Gefühl für die Natur. In den Dreißigerjahren des 19. Jahrhunderts hieß es von William Smith, dem »Vater der Geologie«, sein Ortsgedächtnis sei selbst im hohen Alter noch so gut gewesen, dass er »sich oft sogar nach vielen Jahren auf direktem Wege zu einer Schatzkammer der Natur begab, um dort seine Fossilien zu bergen«. Bei Tom Morgan verhält es sich ähnlich – ich glaube, er erinnert sich an jeden auffälligen Farn, den er je gesehen hat, und zwar nicht nur an das Aussehen, sondern auch an den genauen Standort.

Amateurastronomen sind häufig die Ersten, die neue

Kometen und Supernovae entdecken. (Einer von ihnen, ein australischer Pfarrer, der zwar nur ein kleines Teleskop besitzt, aber auch über die Fähigkeit verfügt, sich an die exakte Position einer jeden Supernova zu erinnern, hat eine einzigartige Studie über die Häufigkeit von Supernovae in tausend Galaxien verfasst.) In der Mineralogie ist die Arbeit von Amateuren von großer Bedeutung: Da sie unabhängig sind von Forschungsstipendien und der Unterstützung durch irgendwelche Institute, reisen sie an Orte, an die bezahlte Fachleute nicht gelangen, und beschreiben Jahr für Jahr neue Mineralienarten. Bei der Suche nach Fossilien und in der Ornithologie verhält es sich ähnlich. All diese Forschungsgebiete erfordern nicht so sehr eine akademische Ausbildung, sondern vor allem den geschärften Blick, der aus einer angeborenen Grundhaltung, einer Liebe zur Natur, sowie Erfahrung und Leidenschaft entsteht. Dies ist es, was diese Menschen, die Amateure im besten Sinne sind, auszeichnet: Liebe, Leidenschaft für ihr Wissensgebiet und außerdem oft der Erfahrungsschatz eines Lebens voller präziser, in der Praxis gemachter Beobachtungen. Das haben die Berufsbotaniker in der Farngesellschaft stets anerkannt, und darum ist jeder, auch der Unerfahrenste, willkommen – solange er nur Farne liebt. Zum vierzigsten Jahrestag der Gründung der Gesellschaft schrieb der damalige Vorsitzende: »Die blutigsten Anfänger und die größten Koryphäen sind als Mitglieder stets gleichgestellt gewesen« – und einer dieser blutigsten Anfänger bin ich.

KAPITEL 2

Samstag

Die meisten der dreißig Teilnehmer dieser Tour durch Oaxaca sind Mitgliedes der AFG, doch sie stammen aus verschiedenen Regionen der USA – aus New York, Los Angeles, Montana, Atlanta. Heute, an unserem ersten Morgen in Oaxaca, machen wir uns beim Frühstück ein wenig miteinander bekannt und freuen uns auf einen ersten Ausflug in die Stadt. Es gibt einen alten, aus Kolonialzeiten stammenden Kern, der umgeben ist von einer modernen Stadt mit etwa 400.000 Einwohnern.

An der steilen, gewundenen Straße, die von unserem Hotel hoch über der Stadt hinunter ins Tal führt, hält unser kleiner Bus an einem Aussichtspunkt an, sodass wir aussteigen und den Ausblick über die Stadt genießen können. Luis – der in der nächsten Woche unser Führer sein wird – weist uns auf die unzähligen Kirchen und die Umgrenzung der Altstadt hin. Niemand hört ihm zu. John Mickel beginnt sogleich, am Straßenrand nach Farnen zu suchen, doch John D. Mitchell, sein Kollege vom New Yorker Botanischen Garten mit dem beinahe identischen Namen, achtet auch auf Vögel. Dass ihre Namen so ähnlich sind, sorgt bei uns für Heiterkeit und Verwirrung, wie übrigens auch in der Verwaltung des Botanischen Gartens, wo sie beide arbeiten und wo Anrufe und Postsendungen ständig beim falschen Empfänger landen. Viele sprechen von John Mitchell als JD, um ihn von John Mickel zu unterscheiden. Dabei ähneln sich tatsächlich nur ihre Namen. John Mickel ist über sechzig, glatt rasiert, schlank und drahtig, hat blaue Augen und buschige, graue Augenbrauen und trägt nie eine Kopfbedeckung. JD ist jünger und viel größer und hat einen gewaltigen Bart. Mit seinem runden Kopf, dem breitkrempigen Hut und dem Fernglas, das er stets um den Hals trägt, erinnert er an Professor Challenger in *Versunkene Welt.* Mag sein, dass er Botaniker ist, doch heute präsentiert er sich zunächst als begeisterter Vogelbeobachter mit lyrischen Qualitäten. Er entdeckt einen Vogel und zeigt aufgeregt in seine Richtung.

»Das ist ein … ein Trauerkolibri, da, bei der *Ipomoea*«, flüstert er. »Ist das nicht toll? Und da! Da ist ein Kronwaldsänger, der da diese kleinen Vorstöße aus dem Baum dort macht und Insekten fängt.«

Scott Mori (der, wie ich später erfahre, ebenfalls im New Yorker Botanischen Garten arbeitet und der diesjährige Vorsitzende der Torrey Botanical Society ist) klettert einen Hang hinunter, um zu einer wilden Tabakpflanze zu gelangen. Er untersucht sie und murmelt: »*Nicotiana glauca.*« Obgleich es eine *Nicotiana africana* gibt, erklärt Scott, stammt der Gebrauch der *Nicotiana* als Tabak aus der Neuen Welt und reicht mindestens zweitausend Jahre zurück.

Während wir wieder in den Bus steigen, um weiter in

die Stadt zu fahren, erzählt Scott uns die Frühgeschichte des Tabaks. Man nimmt an, dass sich die Tabakpflanze zu Beginn unserer Zeitrechnung über beide amerikanischen Kontinente ausgebreitet hatte. Auf einem Tongefäß aus dem 11. Jahrhundert ist ein Maya-Mann zu sehen, der ein eingerolltes und mit einem Faden zusammengebundenes Tabakblatt raucht. Das Maya-Wort für »rauchen« lautete *sik'ar*. (Ich habe jahrelang mit Vergnügen Zigarren geraucht, ohne zu wissen, dass dieses Wort aus der Maya-Sprache stammt.)

Das entfacht eine allgemeine Diskussion über die Geschichte des Tabaks. Als Kolumbus zum ersten Mal den Fuß auf den Boden der Neuen Welt setzte, überreichten ihm die Eingeborenen Obst und »gewisse getrocknete Blätter, so einen sonderlichen Ruch gaben«. Er aß die Früchte, doch da er mit den Blättern nichts anzufangen wusste, ließ er sie über Bord werfen. Rodrigo de Jerez, ein anderer Entdecker, besuchte einige Jahre später Kuba, sah die Eingeborenen rauchen und brachte Tabakblätter nach Spanien. Die Nachbarn sahen Rauch aus seinem Mund und seiner Nase steigen und waren so bestürzt, dass sie dies der Inquisition meldeten: Als man Jerez nach sieben Jahren aus dem Gefängnis entließ, war das Rauchen in ganz Spanien Mode geworden.

Und dann gab es natürlich noch all die Geschichten, die wir als Schulkinder in England gehört hatten: von Sir Walter Raleigh, der das Rauchen in England eingeführt hatte (sein erschrockener Diener hatte gedacht, sein Herr stehe in Flammen, und ihn mit einem Eimer Wasser übergossen); von der lobenden Erwähnung des Tabaks in Spensers *Feenkönigin*; vom Elisabethanischen Zeitalter, als man ihn treffend als »Taumelkraut« bezeichnete; von Königin Elisabeth I. selbst, die im Jahr 1600, in hohem Alter, zu rauchen begann. Und danach wurde das Rauchen in rascher Folge erst verteufelt (1601 in *Works of Chimney Sweepers*), dann verteidigt (1603 in *A Defense of Tobacco*) und schließlich von keinem Geringeren als König James erneut verdammt (in *A Counterblaste to Tobacco*). Doch trotz allen königlichen Missvergnügens, trotz aller Steuern gab es bereits 1614 »in London und seiner Umgebung 7000 Läden, so mit Tobak handeln«. Dieses Geschenk der Neuen Welt fand in der Alten rasche Verbreitung.

....

Inzwischen sind wir im Zentrum des alten Oaxaca angekommen, wo die Straßen noch immer in dem simplen, im 16. Jahrhundert angelegten Nord-Süd-Muster verlaufen. Einige Straßen sind nach Politikern benannt, wie zum Beispiel die Porfirio-Díaz-Straße, doch andere tragen zu unserer Freude Namen bedeutender Naturforscher. Ich entdecke eine Humboldtstraße – der berühmte Naturforscher Alexander von Humboldt hat Oaxaca 1803 besucht und seine Erlebnisse in *Ansichten der Natur* erwähnt. John Mickel weist uns auf den Conzattipark hin. Conzatti, sagt er, war kein studierter Botaniker, sondern ein Lehrer und Verwaltungsbeamter, der in den Zwanziger- und Dreißigerjahren in Oaxaca gelebt hat, doch er war ein Amateurbotaniker, der erste mexikanische Pteridologe, und hat 1939 mehr als sechshundert mexikanische Farnarten beschrieben und dokumentiert.

Unterdessen hat JD einen Tangaren auf einem Mangobaum entdeckt und fügt ihn seiner Liste hinzu.

In der großen Kolonialkirche Santo Domingo halten wir inne. Die Kirche ist gewaltig, atemberaubend, überwältigend in ihrer barocken Pracht. Kein Quadratzentimeter ist ohne vergoldete Ornamente. Jeder Stein dieser Kirche verströmt Macht und Reichtum, ist eine Manifestation der Macht und des Reichtums der Eroberer. Wie viel dieses Goldes, frage ich mich, ist von Sklaven gefördert worden, wie viel davon stammt von aztekischen Kunstwerken, welche die Konquistadoren eingeschmolzen haben? Auf wie viel Elend, Sklaverei, Wut und Tod ist diese großartige Kirche gebaut? Und doch zeigen die Statuen kleine, dunkelhäutige Gestalten und sind ganz anders als die idealisierten, vergrößerten Statuen der Griechen. Offenbar hat man sich Menschen aus dem Volk zum Vorbild genommen und die religiöse Bildersprache an die örtlichen Formen und Bedürfnisse angepasst. Auf den Ästen eines riesigen, goldenen Baumes, der an der Decke prangt, stehen weltliche und kirchliche Würdenträger – Staat und Kirche als Einheit.

Ein reich mit Gold verziertes Bild der Jungfrau Maria leuchtet uns aus dem dunklen, hohen Kirchenschiff entgegen. (»Mein Gott«, flüstert JD, »seht euch das an!«) Darunter kniet eine Frau in einem schwarzen Gewand, vielleicht eine Nonne; immer wieder erhebt sie die Stimme zu einem lauten, gutturalen Lied oder Bittgebet. Sie befindet sich in einem Zustand der Hingabe, der Verzückung. Ich habe das Gefühl, Zeuge einer affektierten, theatralischen Szene zu sein. Wenn sie beten will, dann soll sie es doch diskret tun und nicht so viel Aufhebens davon machen. Einige andere dagegen finden die Frau schön und sind gerührt.

Gleich vor der Kirche bauen Händler ihre Stände mit Hängematten, Halsketten, Holzmessern und Bildern auf. Ich kaufe – ebenso wie Scott (»Damit ein bisschen Geld unters Volk kommt«, sagt er) – eine bunte Hängematte und ein schmales Holzmesser. Auf der anderen Straßenseite sind winzige Läden. Ich bemerke ein Schild mit der Aufschrift: Gastroenterologe – Endoskopie und frage mich absurderweise, wie jemand auf die Idee kommen kann, an dieser heiligen Stätte eine Koloskopie, eine Gastroskopie, eine Sigmoidoskopie anzubieten.

Luis, unser Führer, füttert uns noch immer mit Informationen: »Hier ist das ›Haus des Cortés‹. Cortés war nie hier, aber *wenn* er Oaxaca besucht hätte, dann hätte er hier gewohnt. Es ist sein *offizielles* Haus.« Vor dem Haus steht ein Tanklastwagen mit der Aufschrift Milleania Gas.

Und vor der Kirche, diesem wunderschönen Bauwerk, ist ein unbegreiflich hässlicher Garten – zwei große Vierecke aus rötlicher Erde, die mit Echeverien bepflanzt sind, mit baumartigen, bizarren, unheimlichen Dickblattgewächsen, die aussehen wie Dreizacke. Nichts als Echeverien. Offenbar gab es hier einmal einen hübschen Garten mit den verschiedensten Pflanzen, doch dann wurde er gerodet und durch diese eigenartige, auf rötlichem Boden gedeihende Marsvegetation ersetzt.

....

Ein paar Blocks von Santo Domingo entfernt bleiben wir vor einem winzigen, aber staunenswerten und wunderbar duftenden Kräuterladen stehen. Meine Gefährten sind fasziniert, als Feinschmecker wie als Botaniker. Scott erzählt mir, dass es bereits vor Kolumbus mindestens hundertfünfzig domestizierte Pflanzenarten gab. Wir benennen alles mit lateinischen und englischen Namen; das Angebot wird beschnuppert, olfaktorische Nuancen werden identifiziert. Viele meiner Begleiter kaufen exotische Gewürze als Mitbringsel, ich begnüge mich schüchtern mit einem Tütchen Pistazien und Rosinen.

Es sind riesige, kompakte Türme aus Chilischoten aufgeschichtet, sie sehen aus wie Ballen oder Burgen. Sie sind leuchtend grün, gelb, orangefarben, rot und scheinen eine Spezialität von Oaxaca zu sein. Mindestens zwanzig Arten von Chilis sind in Gebrauch: *Chile de agua, Chile poblano* und *Chile serrano* scheinen die gebräuchlichsten Sorten zu sein, die frisch verkauft werden, aber es gibt auch *Chile amarillo, Chile ancho, Chile de arbol, Chile chipotle, Chile costeno, Chile guajillo, Chile morita, Chile mulato, Chile pasilla de Oaxaca, Chile piquín* und eine ganze Familie von Chilis, die unter dem Namen *Chilhuacle* gehandelt werden. Ich frage mich, ob es sich um verschiedene Arten handelt oder ob diese Vielfalt durch Züchtung erreicht wurde. Sie alle unterscheiden sich vermutlich in

Geschmack, Festigkeit, Schärfe, Komplexität und einem Dutzend anderer Merkmale, die der oaxakische Gaumen zu erkennen imstande ist. In New York hat sich meine kulinarische Finesse bislang auf ein Fläschchen mit der Aufschrift »Chilipulver« beschränkt.

Genau gegenüber dem Kräuterladen ist eine Schokoladenfabrik. Wir haben den Geruch von gerösteten Kakaobohnen, unterlegt mit den Düften von Chili, Zimt, Mandeln und Nelken, schon vom anderen Ende des Blocks riechen können. Die Fabrikfassade ist sehr schmal, doch wenn man aus dem blendenden Sonnenlicht hineingeht, vorbei an den Säcken voller Kakaobohnen, die den Eingang halb versperren, stellt man fest, dass die Halle sehr tief und geräumig ist. Robbin Moran, einer meiner Begleiter, erzählt mir von seinen Erfahrungen mit Kakaobäumen. Er ist ein schüchterner, bescheidener Mann mit einer Hornbrille, der aussieht wie ein Doktorand um die dreißig, dabei ist er ein gut erhaltener Mittvierziger. Wie John ist auch er Kurator für Farne im Botanischen Garten von New York.

Kakaobäume haben lange, glänzende Blätter, und ihre kleinen Blüten und die großen, dunkelvioletten Schoten wachsen direkt aus dem Stamm. Wenn man die Schote aufbricht, sieht man die Samen in dem weißen Fruchtfleisch. Die Samen selbst, die Kakaobohnen, sind zunächst cremefarben, verfärben sich aber, wenn sie der Luft ausgesetzt sind, hell- bis dunkelviolett. Das Fruchtfleisch, sagt Robbin, hat beinahe die Konsistenz von Eiscreme und schmeckt süß und sehr lecker. »Einen Kakaobaum zu finden ist eine der schönen Sachen, die einem bei der Feldforschung passieren können«, sagt er. »Man stößt nicht jeden Tag auf eine aufgegebene Kakaoplantage, aber davon gibt es hier in Mexiko und auch in Ecuador und Venezuela eine ganze Menge.« Das süße, schleimige Fruchtfleisch zieht wilde Tiere an, fährt er fort. Sie fressen das süße Fleisch und spucken die bitteren Kerne aus, aus denen dann neue Schösslinge wachsen. Die zähen Schoten öffnen sich nicht von selbst und würden die Samen niemals freigeben, wenn die Tiere es nicht auf das Fruchtfleisch abgesehen hätten. Die ersten Menschen, die hier auftauchten, müssen die Tiere beobachtet und imitiert haben, vermutet Robbin. Wahrscheinlich haben sie die Schoten aufgebrochen und das süße Fruchtfleisch gegessen, wie er selbst es tut, wann immer er einen Kakaobaum entdeckt.

Im Verlauf von Tausenden von Jahren lernten die Mittelamerikaner auch die Samen zu schätzen, nachdem sie entdeckt hatten, dass die Kakaobohnen infolge der Fermentation weniger bitter schmecken, wenn man sie mit etwas anhaftendem Fruchtfleisch etwa eine Woche lang liegen lässt. Anschließend kann man sie trocknen und rösten, um den vollen Kakaogeschmack zur Entfaltung zu bringen. Diesen Prozess konnten wir nun sehen und riechen.

Die gerösteten, jetzt dunkelbraunen Bohnen werden geschält und gemahlen – und hier geschieht ein weiteres, letztes Wunder, denn aus der Mühle kommt kein Pulver, sondern eine warme Flüssigkeit: Die Reibung verflüssigt die Kakaobutter, sodass eine sirupartige Creme entsteht.

Diese riecht angenehm und sieht lecker aus, ist aber so bitter, dass man sie kaum trinken kann. Die Maya hatten eine etwas andere Variante: Ihr *Choco haa* (bitteres Wasser) war ein dickflüssiges, kaltes und – da sie keinen Zucker kannten – bitteres Getränk, dem man Gewürze, Maismehl und manchmal auch Chili beimischte. Bei den Azteken hieß es *Cacahuatl* und galt als so nahrhaft und kräftigend, dass es für Fürsten und Könige reserviert war. Man betrachtete den Kakao als Nahrung der Götter und glaubte, der Kakaobaum sei ursprünglich nur im Paradies gewachsen, doch der Gott Quetzalcoatl habe ihn gestohlen und den Menschen gebracht, indem er, einen Kakaobaum in der Hand, auf einem Strahl des Morgensterns zur Erde herabgestiegen sei. (In Wirklichkeit, sagt Robbin, liegt der Ursprung des Kakaobaums, wie der so vieler anderer Arten, vermutlich im Amazonasgebiet, doch der Mythos hat sich in dem lateinischen Namen dieser Pflanze erhalten: *Theobroma*, »Nahrung der Götter«.) Der Baum war schon immer äußerst selten und ist heute in freier Wildbahn wahrscheinlich beinahe ausgestorben, ebenso wie die Dattelpalme oder der Avocadobaum.[3] Er wird in Mexiko jedoch seit über zweitausend Jahren kultiviert, und zwar nicht nur, um den Grundstoff für das göttliche Getränk zu liefern – die Kakaoschote war nicht nur ein Symbol der Fruchtbarkeit (und ist als solches oft in Skulpturen und Schnitzereien dargestellt worden) –, sondern auch ein bequemes Zahlungsmittel: Ein Kaninchen bekam man für vier Bohnen, eine Prostituierte für zehn und einen Sklaven für hundert. Und so brachte Kolumbus dem spanischen Königspaar Ferdinand und Isabella Kakaobohnen als Kuriosität mit, ohne eine Ahnung davon zu haben, was für ein eigenartiges Getränk sich daraus bereiten ließ.

Die Geschichte des Kakaos ist voller Mythen und Legenden. Eine Legende lautet, Montezuma habe täglich vierzig bis fünfzig Schalen *Cacahuatl* getrunken, und für ihn sei es ein Aphrodisiakum gewesen. Andere Legenden behaupten, als Montezuma Cortés eine Schale Kakao angeboten habe, sei diesem von dem bitteren, mit Chili gewürzten Getränk schwindlig geworden – allerdings nicht schwindlig genug, um zu übersehen, dass die Schale aus purem Gold war. Daraus zog er den Schluss, dass Mexiko voller Gold sein müsse, und des Weiteren erkannte er die Möglichkeit, dass dieses bittere Getränk, ausreichend gesüßt, in ganz Europa Mode werden und ein einträgliches Monopol der spanischen Krone darstellen könnte. Die ersten Kakaoplantagen, heißt es, wurden von Cortés angelegt.

In der Kakaofabrik bietet man uns dampfende Becher mit heißer Schokolade an, die gesüßt und, wie in Oaxaca üblich, mit Mandeln und Zimt gewürzt ist. Sie schmeckt ähnlich wie das im 16. Jahrhundert entwickelte Getränk, dessen aufwendiges Herstellungsverfahren die Spanier über fünfzig Jahre lang geheim hielten. Doch irgendwann wurde das Geheimnis enthüllt, und in den Fünfzigerjahren des 17. Jahrhunderts gab es Schokolade-Häuser in London und Amsterdam und bald auch in ganz Europa (diese waren also die Vorläufer der Tee- und Kaffeehäuser). Die Trinkschokolade war ein großer Erfolg am französischen Hof, wo ihre aphrodisischen Eigenschaften sehr geschätzt wurden. Madame de Pompadour mischte sie mit Ambra, Madame du Barry gab sie ihren Liebhabern zu trinken, und Goethe nahm auf alle seine Reisen ein eigenes Schokoladekännchen mit.

Eine Madeleine stieß für Proust das Tor zur Vergangenheit auf und eröffnete ihm eine ganze Welt voller privater Erinnerungen und Bedeutungen. Doch hier, in dieser Schokoladenfabrik in Oaxaca, geschieht in gewisser Weise das Umgekehrte: Das gesammelte Wissen über Schokolade – teils angelesen, teils durch Robbin oder den Fabrikbesitzer vermittelt – scheint sich in dem Becher voll heißem Kakao in meiner Hand zu konzentrieren und diesem Getränk eine besondere Dimension und Tiefe zu geben.

Aber warum, frage ich mich, ist Schokolade eigentlich überall so begehrt? Warum fand sie, nachdem das Geheimnis der Verarbeitung einmal gelüftet war, so rasche Verbreitung in Europa? Warum wird Schokolade heute an jeder Straßenecke verkauft, warum ist sie in eisernen Rationen enthalten und wird in die Antarktis und den Weltraum mitgenommen? Warum gibt es in jeder Kultur Schokoladensüchtige? Liegt es an ihrer besonderen, einzigartigen Beschaffenheit, an dem »Mundgefühl« der Schokolade, die bei Körpertemperatur schmilzt? Liegt es daran, dass sie die schwachen Stimulanzien Koffein und Theobromin enthält? Bei Kolanüssen und Guarana sind die Werte höher. Liegt es an dem mild analeptischen, euphorisierenden, angeblich aphrodisischen Phenyläthylamin? In Salami und Käse ist mehr davon enthalten. Liegt es daran, dass die Anandamide die Cannabinoidrezeptoren im Gehirn stimulieren? Oder liegt es vielleicht an etwas ganz anderem, an bislang unbekannten Faktoren, die wichtige Hinweise auf neue Aspekte der chemischen Reaktionen im Gehirn geben könnten – ganz zu schweigen von einer Ästhetik des Schmeckens?

....

Beladen mit Schokolade und Gewürzen steigen wir in unseren Bus und kehren zum Hotel zurück. Es ist Samstag – Markttag –, und so machen wir noch einmal am Hauptmarkt der Stadt halt, einem Platz so groß wie ein Häuserblock, auf dem ein Labyrinth aus Verkaufsständen mit Leder, Stoffen und Kleidungsstücken aufgebaut ist.

Unsere Gruppe verweilt natürlich am längsten beim Obst und beim Gemüse. Die Ware wird mental und sensorisch geprüft, und nach genauesten botanischen Bestimmungen und Vergleichen höre ich ekstatische Seufzer (oder gelegentlich Laute des Abscheus). Es gibt Bananen in einer enormen Vielfalt von Farben und Größen – eine kleine, grüne Sorte hat zu meiner Überraschung den süßesten Geschmack. Es gibt Orangen, Limetten, Mandarinen und Limonen, aber auch Grapefruits und Shaddocks, die primitiveren, birnenförmigen wilden Vorfahren der Grapefruits (deren Samen, wie einer aus unserer Gruppe weiß, im 17. Jahrhundert von einem Captain Shaddock von Barbados hierhergebracht wurden). Es gibt Bärentrauben, die wie Mispeln aussehen, aber keine sind – Scott sagt, dass sie auf dem *Crataegus*, dem mexikanischen Weißdorn, wachsen; später, bei unserer Exkursion, wird er sie mir zeigen.

Es gibt Sapoten, so groß wie Tennisbälle und mit glänzender, grünlich-schwarzer Schale. Man nenne sie Dattelpflaumen, sagt einer, und sie wüchsen auf »Marmeladenbäumen«. Ich habe den Eindruck, dass er mich auf den Arm nehmen will, und beiße in das schwarze Fruchtfleisch. Es ist schleimig wie das einer Persimone, und der Geschmack erinnert weder an Datteln noch an Pflaumen, Marmelade oder Persimonen. Es gibt Guaven, Passionsfrüchte und Papayas, auch verschiedene saftige rote Kaktusfrüchte: Manche stammen von Orgelkakteen, andere von Feigenkakteen. Das Innere der Passionsfrucht sieht aus wie Froschlaich oder Salamandereier, schmeckt aber meiner Meinung nach am köstlichsten.

Auch beim Gemüse herrscht eine unglaubliche Vielfalt. Es gibt mehr Bohnensorten, als ich mir je habe vorstellen können, und diese Tatsache ruft mir ins Bewusstsein, dass Bohnen und Mais heute wie seit Beginn des Ackerbaus vor achttausend Jahren die mittelamerikanischen Grundnahrungsmittel sind. Sie sind reich an Eiweiß, und die in Bohnen und Mais enthaltenen Aminosäuren ergänzen einander: Die Kombination der beiden Nahrungsmittel versorgt den Körper mit allen Aminosäuren, die er benötigt. Überall sehen wir weiße Kalksteine, mit denen der Mais gemahlen wird – dadurch lassen sich die Aminosäuren leichter verdauen.[4] Es gibt Jicamas mit riesigen, konischen Pfahlwurzeln, die wie Wasserkastanien oder Zuckererbsen schmecken. Es gibt alle möglichen Tomatensorten, aber noch beliebter sind die Tomatillos: Hülsentomaten mit grünem Fruchtfleisch und papierartigen Hüllblättern. Aus diesen Tomaten bereitet man die *Salsa verde*. Tomaten und Tomatillos, denke ich, waren – wie das »indische Korn« und die Kartoffel – Geschenke der Neuen Welt an Europa. Derlei hatte man dort noch nie gesehen. (Tatsächlich begegnete man der Tomate lange mit großem Misstrauen; es dauerte viele Jahre, bis sich die Überzeugung durchgesetzt hatte, dass sie nicht giftig ist. Wie die Kartoffel gehört auch die Tomate zur Familie der Solanazeen, in der es zahlreiche besonders tödliche Pflanzen wie den Stechapfel und das Bilsenkraut gibt. Kartoffel und Tomate sind Nachtschattengewächse, und so ist die anfängliche Zurückhaltung vielleicht verständlich.)

Und da wir ja Farnleute sind, entgeht uns nicht, dass bestimmte Farne als Arzneien gehandelt werden: getrocknete Schachtelhalme, die gegen Blutkrankheiten und als harntreibende Mittel eingesetzt werden, die Rhizome des Hasenfarns (*Phlebodium*) und die getrockneten Rosetten des »Auferstehungsfarns«, von dem David mir am Flughafen erzählt hat. Allerdings scheint niemand zu wissen, zu welchem medizinischen Zweck sie dienen.

Die schönen weißen Zwiebeln, die Bananen, die gerupften Hühner, das aufgehängte Fleisch … die Sandalen, die Hüte (ich kaufe einen prächtigen Strohhut, einen Sombrero, für einen Dollar), die Töpferwaren, die Matten. Vor allem aber: das Wunder der Menschheit. Dieser Markt ist so bunt, so vielfältig, dass ich mein Notizbuch schließlich widerwillig einstecke. Es bräuchte mehr Talent und Energie, als ich besitze, um dieser phantasmagorischen Szenerie auch nur annähernd gerecht zu werden. Außerdem will ich nicht als aufdringlicher Tourist unangenehm auffallen.

Ich hätte gern meine Kamera dabei – obgleich Fotografieren wahrscheinlich noch aufdringlicher wäre. (Es wird tatsächlich als Beleidigung aufgefasst, wenn Fremde über den Markt gehen und, ohne irgendetwas zu kaufen, alles fotografieren, was sie hübsch oder pittoresk finden.)

Wieder im Bus, mache ich mir nur ein paar kurze Notizen: Schweine in allen Größen mit zusammengebundenen Hinterbeinen. Schafe, Ziegen, gehäutete Tiere – es stinkt! Ziegen am Ufer des ausgetrockneten Flusses. Händler für Holz und Holzkohle.

Bernal Díaz del Castillo gehörte zu Cortés' Truppe und beschrieb in seiner *Wahrhaften Geschichte der Entdeckung und Eroberung von Neuspanien* (die er viel später, als alter Mann, schrieb) den großen Markt bei Tenochtitlan, den er 1519 sah. Die Aufzählung der Schätze, die er dort vorfand, nimmt mehrere Seiten in Anspruch, und in den von ihm genannten »Gattungen der Waren« ist alles vertreten, vom Steinmesser bis zum Sklaven.

> Jede Art von Waren wurde für sich und an einem besonderen, immer gleichen Ort verkauft. Ich will beginnen mit den Händlern in Gold, Silber, Edelsteinen,

> Federn, Mänteln und bestickten Stoffen. Eine weitere Handelsware bestand aus männlichen und weiblichen Sklaven … und sie brachten sie an lange Stangen gebunden auf den Markt, mit Halsbändern, damit sie nicht entfliehen konnten. Andere aber ließen sie ungehindert herumgehen. Dann kamen Händler, die große Stücke aus Stoff und Baumwolle anpriesen sowie Artikel aus geflochtenen Schnüren, und es gab *Cacahuateros*, welche Kakao verkauften … Es gab welche, die Stoffe aus Hanf anboten sowie Seile und die Sandalen, die sie an den Füßen tragen und die aus derselben Pflanze verfertigt sind, und auch süße, gekochte Wurzeln und andere Knollen … In einem anderen Teil des Marktes sah ich Felle von Tigern und Löwen, von Ottern und Schakalen, von Rehen und anderen Tieren und Dachsen und Bergkatzen, manche gegerbt, manche ungegerbt, sowie andere Gattungen von Waren.

Wiederholt unterbricht sich Díaz, um noch etwas hinzuzufügen. Die Szene steht noch immer deutlich vor dem inneren Auge des jetzt beinahe blinden, über achtzigjährigen Mannes:

> … Bohnen und Salbei und andere Gemüse und Kräuter … Geflügel, Hähne in Körben, Kaninchen, Hasen, Rehe, Wildenten, junge Hunde und dergleichen … Obsthändler … gekochtes Essen, Teigwaren, Kaldaunen … alle Arten von Töpferwaren in tausend ver-

schiedenen Formen … Honig und Honigpaste und andere Leckereien wie zum Beispiel Nussmus … Balken, Bretter, Wiegen, Holzblöcke und Bänke … Papier … Tabak und gelbe Salben … unter den Arkaden an diesem großen Markt werden viele rot gefärbte Stoffe verkauft … ich habe die Salzhändler und die Verfertiger von Steinmessern vergessen … Kürbisse und bunt bemalte Holzgefäße … Ich wollte, ich könnte alles, was dort verkauft wird, aufzählen, doch der Waren sind so viele und ihre Beschaffenheit ist so verschieden, und auf dem großen Marktplatz und unter den ihn umgebenden Arkaden herrschte ein solches Gedränge, dass niemand imstande gewesen wäre, in zwei Tagen alles zu sehen und seinen Nutzen zu erfragen.

KAPITEL 3

Sonntag

Heute werden wir einen botanischen Ausflug über die Berge zum Llano de las Flores machen, zur »Ebene der Blumen«. Allerdings ist jetzt, im Januar, die Trockenzeit, in der keine Blumen blühen. Hier, im Binnenland, sind die Hügel und Täler ausgetrocknet, wüstenartig, verdorrt. (Es fällt mir schwer, sie mir anders vorzustellen, und ich glaube, ich muss noch einmal in der Regenzeit dorthin reisen, wenn überall die *Rigidella* blüht, eine Irisart mit leuchtend roten Blüten.)

Mit Gepäckstücken in allen Größen und Formen warten wir vor dem Hotel. Wir sind für einen möglicherweise feuchten Hochgebirgsausflug gerüstet, denn bald werden wir auf einer Höhe von über 3000 Metern sein. Wir tragen Schichten von Kleidung, die wir ablegen und wieder anziehen, während wir aus unserem tropischen Tal in den winterlichen Regenwald fahren, wo Temperaturen knapp über dem Gefrierpunkt herrschen. Außerdem haben wir Sammelbehälter eingesteckt – meist kleine Kunststofftüten für Pflanzenexemplare (ganz anders als die schmalen Botanisiertrommeln meiner Kindheit) – und Bereitschaftstaschen mit Kameras, Wechselobjektiven und Ferngläsern um den Hals gehängt. Einige nehmen auch »die Bibel« mit – *Pteridophyte Flora of Oaxaca, Mexico.*

Eine junge Frau (eine Mitarbeiterin des örtlichen Botanischen Gartens) hat eine Pflanzenpresse dabei, und es erhebt sich die Frage, was wir eigentlich sammeln dürfen. Sporen, versichert man uns, sind in Ordnung. John erklärt, wie man aus einem Stück Papier ein »ebenso schlichtes wie dichtes« Tütchen zur Aufbewahrung der Farnsporen faltet. »Verwendet kein Klebeband – die Sporen bleiben daran hängen!« Aber es gibt strenge Regeln in Hinblick auf andere Pflanzenteile, und wir haben keine Genehmigung, Pflanzen in die USA einzuführen. Wir dürfen einzelne Farnwedel, aber keine ganzen Pflanzen oder Setzlinge sammeln und sollen möglichst alles fotografisch dokumentieren. (Beinahe jeder hat ein Makro-Objektiv dabei; ich habe meins idiotischerweise in New York gelassen. Dafür habe ich etwas mitgenommen, das sonst niemand hat: eine Stereokamera.)

Dick Rauh, botanischer Illustrator und Lehrer am New Yorker Botanischen Garten, wird alle interessanten Pflanzen sowohl in natürlicher Größe zeichnen als auch seine schönen, detailreichen und zehn- bis fünfzehnfach vergrößerten Darstellungen davon anfertigen. Er hat Skizzenblöcke, Zeichenstifte, ein Sortiment starker Vergrößerungsgläser und ein Taschenmikroskop eingepackt.

Dick wurde erst botanischer Illustrator, als er sich nach einer langen, erfolgreichen Karriere als Gestalter von Film-Abspannen zur Ruhe gesetzt hatte, und da er dabei ist, in Botanik zu promovieren, weiß er eine Menge über die

Pflanzen, die er zeichnet. Mich fasziniert das Verhältnis zwischen Wissen und Wahrnehmung, und darum frage ich ihn danach. Ich erzähle ihm von den erstaunlichen Pflanzenzeichnungen verschiedener autistischer *Idiots savants*, die ich gesehen habe – Zeichnungen, die nur auf der Wahrnehmung basierten und ohne jedes botanisches Wissen angefertigt worden waren. Dick besteht jedoch darauf, dass Wissen und Verständnis seine Wahrnehmung nicht beeinträchtigen, sondern vielmehr schärfen, sodass Pflanzen für ihn nun interessanter, schöner, wunderbarer sind als je zuvor, und er ist auch imstande, dies zu vermitteln: Er kann den einen oder anderen Aspekt auf eine Weise betonen, wie es bei einer absolut naturgetreuen Zeichnung oder einem Foto unmöglich wäre – und ebenso unmöglich wäre es, würde er nicht über Fachwissen verfügen und eine bestimmte Absicht verfolgen.

Die Fahrt wird zwei bis drei Stunden dauern – es sind etwa achtzig oder neunzig Kilometer –, und unterwegs werden wir einige Male anhalten. Der erste Teil der Strecke verläuft auf dem Pan American Highway, der, wie Luis erklärt, entlang einer aztekischen Landstraße angelegt ist, doch schon nach einigen Kilometern biegen wir auf den Highway 175 ab, der vom Pazifischen Ozean zum Golf von Mexiko führt. An der Kreuzung steht eine Statue von Benito Juárez; am Sockel sind Tafeln angebracht, auf denen Szenen aus seinem Leben zu sehen sind. Luis verspricht, uns später von ihm zu erzählen – sein Ton ist liebe- und verehrungsvoll. Er sagt, Juárez habe aus dem Dorf Guelatao gestammt, durch das wir fahren werden.

Unser Ziel liegt in der östlichen Sierra Madre. Ich frage Scott nach den vielen roten Blumen, die wir unterwegs sehen. Er sagt, es seien Nachtschattengewächse. Andere Arten werden durch Fledertiere verbreitet und haben grünliche oder weiße Blüten, während diese hier von Vögeln verbreitet werden und rot blühen. Die Ersteren verschwenden keine metabolischen Energien, um einen roten Farbstoff zu erzeugen, der für sie ganz nutzlos wäre.

Scott und ich unterhalten uns über die Co-Evolution von Insekten und blühenden Pflanzen, die in den vergangenen 100 Millionen Jahren stattgefunden hat, über die Entwicklung der dramatischen Farben, Formen und Düfte, mit deren Hilfe Pflanzen allerlei Insekten und Vögel zu ihren Blüten locken. Wir sprechen darüber, dass bestimmte orangefarbene und rote Früchte erst in den letzten 30 Millionen Jahren entstanden sind; im selben Zeitraum haben Affen den Farbensinn entwickelt (über den Vögel allerdings schon länger verfügen). Diese Früchte, die einen großen Teil des Speiseplans der Affen ausmachen, waren für mit Farbensinn begabte Augen besonders gut auszumachen, und so ließen die Pflanzen ihre Samen im Kot der Affen verbreiten.

Das Wunder einer solchen Co-Evolution, einer solchen gegenseitigen Anpassung, steht im Zentrum von Scotts Interesse. Er und seine Frau Carol Gracie haben gemeinsam und jeder für sich ihr Leben lang darüber geforscht. Ich dagegen – obwohl ich die Schönheit solcher Anpassungen durchaus zu schätzen weiß – bevorzuge die grüne und geruchlose Welt der Farne, eine uralte grüne Welt aus der Zeit, als es keine Blüten gab, eine Welt von sympathischer Zurückhaltung, als die Fortpflanzungsorgane – Staubgefäße und Stempel – noch nicht jedem auffällig entgegengereckt, sondern mit einem gewissen Feingefühl an der Unterseite der Farnwedel verborgen wurden.

....

Noch lange nachdem man entdeckt hatte, wie sich blühende Pflanzen vermehren, blieb die Fortpflanzung der Farne ein Rätsel. Robbin erzählt mir, man habe angenommen, dass Farne Samen hätten – wie sonst sollten sie sich vermehren? –, doch weil man diese nicht sehen konnte, schrieb man ihnen absonderliche, ja magische Eigenschaften zu. Da sie selbst unsichtbar waren, glaubte man, sie könnten Menschen unsichtbar machen. »Wir haben das Rezept vom Farnsamen, wir gehen unsichtbar umher«, sagt in *Heinrich IV.* einer von Falstaffs Gefolgsleuten. Noch im 18. Jahrhundert wusste selbst der große Linné nicht, wie Farne sich vermehren, und prägte den Begriff »kryptogam«, um auf den verborgenen, mysteriösen Aspekt dieser Pflanzengattung hinzuweisen. Erst Mitte des 19. Jahrhunderts fand man heraus, dass es neben der bekannten Farnpflanze mit ihren sporentragenden Wedeln, den Sporophyten, noch andere winzige, leicht zu übersehende, herzförmige Pflanzen, die Gametophyten, gibt und dass diese die eigentlichen Geschlechtsorgane tragen. Es gibt bei den Farnen eine Generationenfolge: Die auf den Wedeln sitzenden Sporen entwickeln

CYATHIA SP.
TREE FERN FROND
RAR

sich, sofern sie einen ausreichend feuchten, schattigen Platz finden, zu winzigen Gametophythen, und aus diesen wachsen, wenn sie befruchtet sind, die neuen Sporophyten, die jungen Schösslinge.

Die meisten Gametophyten sehen einander sehr ähnlich. Die Schönheit der Farne, ihre enorme Formenvielfalt – von den hoch aufragenden Baumfarnen bis zu den winzigen Hautfarnen, von den fein verzweigten, an Spitze erinnernden Wedeln bis zu den dicken, ungerippten Blättern von Geweihfarnen und Nestfarnen –, all dies zeugt von der Variationsbreite der sporophyten Form. Die Sporangienhäufchen selbst sehen ganz unterschiedlich aus: bei einigen Arten wie Pusteln oder Beulen, bei manchen wie eine cremige Masse, bei Nestfarnen und anderen Arten wie feine, schön gezeichnete, parallele Linien. Zu den Freuden der Farnbestimmung gehört es, einen fruchtbaren Wedel umzudrehen und auf der Unterseite diese Sporangien zu entdecken.

John Mickel ist ganz begeistert von der Fruchtbarkeit und den Sporangien der Farne. »Oh!«, ruft er, als er ein *Elaphoglossum* entdeckt. »Ist das nicht toll? Verschmierte Sporangien auf der Unterseite!« Bei einem *Polystichum speciosissimum*: »Seht euch diese Schuppen und eingebogenen Ränder an!« Bei einem *Dryopteris*, auf das er im Wald stößt: »Fruchtbar wie ein Kaninchen!« John, witzelt Robbin im Flüsterton, hat »pteridologische Orgasmen«. Das habe ich bei unseren samstäglichen Treffen des Öfteren erlebt. Er spricht dann lauter, er schwenkt die Arme, und seine Wortwahl wird (wenn er etwa Sporen mit

Kaviar vergleicht) extravagant: »Da macht das Herz dann Poch-poch-poch!«

....

Ich selbst habe mich, wie John, immer zu kryptogamen Pflanzen hingezogen gefühlt; Blumen mit ihrer Unverhülltheit, ihrer Unverblümtheit, finde ich ein bisschen aufdringlich.

Tatsächlich empfinden viele von uns so, und bei unseren Zusammenkünften geht jeder Erwähnung einer blühenden Pflanze gewöhnlich eine scherzhafte Entschuldigung voraus: »Entschuldigt, dass ich das erwähne ...«, oder: »Ich weiß, das hört ihr nicht gerne, aber ...« Wenn man uns an einem Samstagmorgen zuhören würde, könnte man meinen, dass wir noch immer in einer blumenlosen paläozoischen Welt leben, wo Insekten keine Rolle spielen und Sporen von Wind und Wasser verstreut werden. (Fairerweise sollte ich allerdings hinzufügen, dass weniger entwickelte Pflanzen – Moose, Lebermoose, Seegras usw. – ebenso selten erwähnt werden. Ich habe das Gefühl, dass ich mit meiner Vorliebe für primitive Farnartige und Moose manchmal der Apostasie verdächtigt werde.) Natürlich ist die Leidenschaft für Farne bei uns allen in einen viel breiteren botanischen und ökologischen Kontext eingebettet, dessen sind sich auch die hartgesottensten Farn-Systematiker bewusst. Es ist nur so, dass wir hin und wieder in einer Art Nostalgie oder Insiderwitz so tun, als hätten wir keinerlei Interesse am Rest der Pflanzenwelt.

Unter meinen farnbegeisterten Reisegefährten sind jedoch auch einige Experten für Blütenpflanzen – unter anderem JD und Scott –, und als unser Bus jetzt an einigen über und über mit weißen Blüten bedeckten Bäumen vorbeifährt, macht Scott uns auf sie aufmerksam. Das, sagt er, sind Winden. Winden?, frage ich. *Ipomoea?* Dieselbe Gattung wie die Purpurwinde? Ja, sagt Scott, und dieselbe wie die Süßkartoffel. Ich denke an meine Zeit in Kalifornien, in den frühen Sechzigerjahren, als Purpurwindensamen – oder jedenfalls die Samen einer bestimmten Spezies namens »Heavenly Blue« – recht beliebt waren, weil sie Ergotamine enthielten, also Lysergsäurederivate, die ähnlich wie LSD wirken. Ich kaufte mir gewöhnlich drei oder vier Päckchen dieser harten, eckigen schwarzen Samen, zerrieb sie im Mörser zu Pulver und vermischte dieses – meine besondere Erfindung – mit Vanille-Eiscreme. Zunächst überkam mich dann eine starke Übelkeit, gefolgt von Visionen sehr persönlicher Paradiese und Höllen. Ich wünschte mir oft, ich könnte diese Samen zur rechten Zeit und am rechten Ort nehmen – am besten im Süden von Mexiko, in den Bergen, wo die Purpurwinde gut gedeiht und oft zu finden ist und wo man ihre Samen – *Ololiuhqui* – unbegrenzt lange aufbewahren kann, ohne dass sie an Wirkung verlieren. Ich habe gehört, dass die Pflanze (die bei den Azteken wegen ihres gewundenen Wuchses *Coatl-xoxo-uhqui*, grüne Schlange, hieß) als heilig galt und dass die Samen nur in Gegenwart eines Medizinmanns, eines *Curanderos*, eingenommen wurden.

In *Pflanzen der Götter* schreiben der große Ethnobotaniker Richard Evans Schultes und der Chemiker Albert Hofmann (der als Erster LSD synthetisierte und seine Wirkung beschrieb), dass jede Kultur gewisse berauschende oder halluzinogene Pflanzen kennt, deren Kräfte häufig als göttlich oder übernatürlich gelten. Doch die Rauschmittel der Alten Welt waren nicht annähernd so stark wie die halluzinogenen Drogen Mexikos: *Ololiuhqui* (das die Spanier, als sie es entdeckten, *Semilla de la Virgen*, Samen der Heiligen Jungfrau, nannten), der heilige Psilocybinpilz *Teonanacatl* (dessen aktive Substanzen ebenfalls Lysergsäurederivate sind) und im Norden von Mexiko und im Süden der USA die Knospen des *Peyotl*-Kaktus *Lophophora williamsii*, die manchmal als Mescal-Knollen bezeichnet werden, auch wenn sie mit dem gleichnamigen Agavenschnaps nichts zu tun haben.

Während der Bus sich die Steigung hinaufkämpft, plaudern Scott und ich über diese Pflanzen und die noch exotischeren südamerikanischen Halluzinogene wie *Ayahuasca* (Seelenwinde), ein Stoff, der aus der im Amazonasgebiet wachsenden Winde *Banisteriopsis caapi* gewonnen wird und den William Burroughs und Allen Ginsberg in *The Yage Letters* beschreiben, und die tryptaminreichen, in Pulverform geschnupften Mittel *Virola, Yopo* und *Cojoba.* Ihre aktiven Substanzen haben eine große chemische und strukturelle Ähnlichkeit mit dem Neurotransmitter Serotonin. Wir spekulieren, wie diese Pflanzen und ihre Verwendung in prähistorischen Zeiten wohl entdeckt worden sind – zufällig oder durch Versuch und Irrtum? Wir fragen uns, wie diese botanisch ganz unterschiedlichen Pflanzen derart ähnliche Substanzen entwickelt haben und welche Rolle diese Substanzen im Leben der Pflanze spielen mögen. Sind es bloße Nebenprodukte des Stoffwechsels (wie das in so vielen Pflanzen enthaltene Indigo)? Dienen sie (wie Strychnin oder andere Alkaloide) dazu, Pflanzenfresser abzuschrecken oder zu vergiften? Oder haben sie für die Pflanze selbst eine bestimmte Bedeutung?

Es ist eine außerordentliche Erfahrung, im Bus neben Scott zu sitzen. Er ist imstande, jede Pflanze, die wir sehen, zu bestimmen, er kennt ihre Bedeutung und weiß, in welchem Zusammenhang sie steht. Während wir dahinfahren, beschäftigt sich sein Geist mit der Evolution, der Auslese, der Adaption. Ich muss an eine andere Busfahrt denken: Einmal war ich im Bundesstaat Washington mit einer Freundin aus Guam unterwegs, und ihr geologisches Fachwissen erweckte die ganze anorganische Landschaft, all die Bodenformationen ringsum zum Leben. Zufällig war auch sie in erster Linie Pteridologin, aber ihr hervorragend geschulter Blick gab allem, was wir sahen, eine zusätzliche Dimension und Bedeutung.

....

Mit uns im Bus ist Boone. Zu diesem Zeitpunkt ist mir noch nicht ganz klar, wer und was Boone eigentlich ist, doch ich weiß, dass er ein alter und sehr geschätzter Freund von John Mickel ist – sie haben sich 1960 in Oaxaca kennengelernt, und seitdem ist Boone hier als Botaniker und Landwirtschaftsexperte tätig. Er hat hoch in den Bergen, bei Ixtlán, ein Gästehaus für reisende Botaniker – wir werden es in einigen Tagen besuchen. Boone muss in den Siebzigern sein; er ist klein, aber robust und beweglich. Er hat einen wohlgeformten Kopf, und eine Strähne hängt ihm immer in die Stirn.

Offenbar ist er Experte für die Bäume von Oaxaca, und jetzt, da wir höher und höher steigen und Kiefern und Eichen die beherrschende Vegetation bilden, erhebt er sich von seinem Sitz und spricht zu uns. »Die meisten dieser Eichen«, sagt er, »befinden sich in einem derart aktiven Stadium der Evolution, dass sie nicht bestimmt werden können. Manche Bestimmungsbücher sprechen von dreißig Arten, andere von zweihundert – und die bilden ständig neue Hybriden.« Die ersten Kiefern, die wir sehen, haben kurze Nadeln und Zapfen. Hundert Meter höher sind die Nadeln der Kiefern länger und ihre Zapfen größer: eine andere Spezies.

Die Berggipfel in Wolken – was für ein großartiger Anblick! Immer höher hinauf geht es, und Boone zeigt auf eine herrliche Douglasie, die auf einem steilen Felsen zu unserer Linken steht. Diese Gruppe von Douglasien, fügt er hinzu, wurde 1994 von einem Botaniker des Ungarischen Museums für Naturgeschichte entdeckt und ist die südlichste Douglasien-Population der Welt. Boone sagt, Oaxaca sei ein einzigartig reiches botanisches Grenzland, wo Pflanzen nördlichen Ursprungs – wie diese Douglasien – sich mit nordwärts gewanderten südamerikanischen Pflanzen vermischen.

Andere Pflanzen: *Abies oaxacana.* Erdbeerbäume (*Arbutus*) mit rotem Holz und abblätternder Rinde. An der Straße orangefarbene Kastileen zwischen blauen Lupinen und dunkelvioletten Lobelien. Kleine gelbe Blüten: Ringelblumen. Andere gelbe Blumen werden als VGK abgetan: Verdammte Gelbe Korbblütler. Zu den Korbblütlern gehören Löwenzahn, Astern, Disteln und andere, bei denen die Blütenblätter aus einer zentralen Scheibe wachsen. Sie gehören zu den verbreitetsten Wildblumen und sind oft schwierig zu bestimmen. Vogelbeobachter drücken sich ähnlich aus: Es gibt schöne und interessante Vögel, und dann gibt es die KGV, die Kleinen Grauen Vögel, die überall herumfliegen und die Aufmerksamkeit ablenken.

Schließlich erreichen wir den Kamm des Höhenzugs und sind in 2800 Metern Höhe. Nach links zweigt ein Holzweg zum Gipfel des Cerro San Felipe ab. Es ist hier kühler und feuchter, und man sieht mehr Moose. Wir fahren zwei, drei Kilometer bergab und halten an einem kleinen Bach mit Namen Río Frío. John Mickel bestimmt sogleich einen neuen Farn, einen Streifenfarn, *Asplenium hallbergii.* Ich stelle eine idiotische Frage: »Wer war Hallberg?« John sieht mich seltsam an und sagt: »Frag Boone!«

Schon stürzt er sich auf einen anderen Farn, *Anogramma leptophylla.* »Das ist einer der großartigsten Farne der Welt! Und dabei ist er ausgewachsen nur vier, fünf Zentimeter hoch. Ein süßes Pflänzchen, kommt nur in großen Höhen vor.« Und weiter geht es zu einem *Adiantum* (einem Frauenhaarfarn) und zu einem *Asplenium.*

John ist hellauf begeistert von beinahe jedem Farn, den wir sehen, und wenn man ihn fragt, welcher sein Lieblingsfarn ist, fällt ihm die Antwort schwer. »Wenn das Gespräch auf die Farnzucht kommt«, sagt er, »ertappe ich mich bei der Aussage, dass der Straußfarn mein Lieblingsfarn ist, aber eine Minute später ist es schon der Herbstfarn. Im Grunde habe ich dreihundert Lieblingsfarne. Ich liebe den Straußfarn wegen seiner fantastischen Federballform und seiner langen Ausläufer, und ich liebe den Herbstfarn wegen seiner roten Sporangien und der dunklen, glänzenden Wedel, die den ganzen Winter über grün und aufrecht bleiben. Ich mag den Himalaja-Frauenhaarfarn wegen seiner zarten Schönheit. Mit einigen meiner Lieblingsarten verbinden sich besondere Erinnerungen: Hier in Oaxaca, auf dem Gipfel des Cerro San Felipe, habe ich einen Mexikanischen Schildfarn gefunden, nachdem er hundert Jahre lang nirgends mehr gesammelt worden war. Was den wissenschaftlichen Reiz betrifft, sind *Anemia* und *Elaphoglossum* meine Favoriten, aber dicht gefolgt von *Cheilanthes* und *Selaginella.* Welches seiner Kinder liebt man am meisten? Sie sind allesamt wunderbar, und je besser man sie kennenlernt, desto mehr liebt man sie.«

Ich bin ein bisschen abgelenkt: Wir sind umgeben von süß duftendem Salbei. Und auf einem Feld stehen wunderschöne Calla-Lilien und ein Schild, dessen Aufschrift ich langsam und Wort für Wort übersetze: Wer Nicht Respektiert Dieses Eigentum Wird Ins Gefängnis Gebracht. Oder erschossen, geköpft, kastriert.

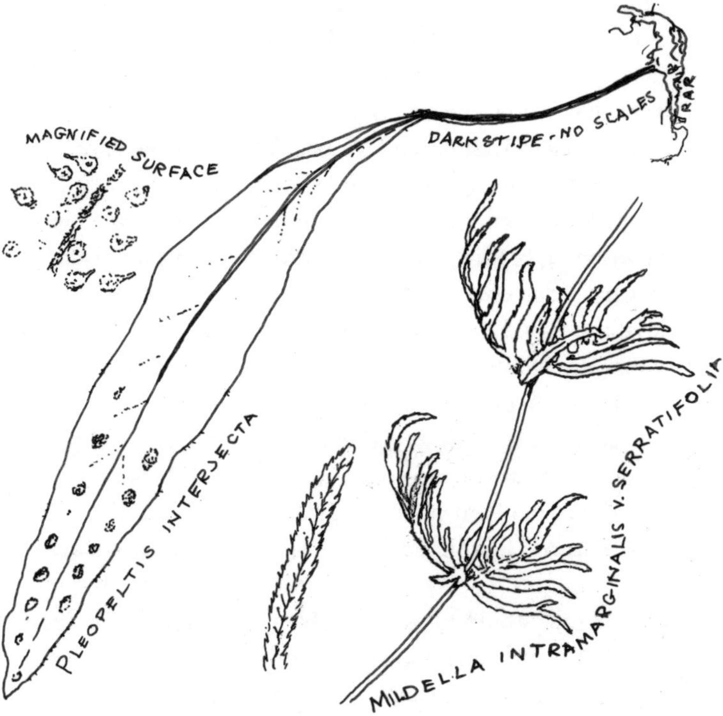
MAGNIFIED SURFACE
DARK STIPE - NO SCALES
PLEOPELTIS INTERSECTA
MILDELLA INTRAMARGINALIS V. SERRATIFOLIA

»Das hier ist eine *Pleopeltis interjecta*«, fährt John fort. »Große, runde Sporangienhäufchen mit gelben Sporen – ein Prachtexemplar! Noch eine *Mildella*, mit glatten Blatträndern, eine *Mildella intramarginalis*. Wenn sie gezackt sind, heißen sie *serratifolia*.« Mir schwirrt der Kopf von all den verschiedenen Farnen und ihren Namen, und ich gehe ein wenig abseits und stoße auf einen herrlichen Baum voller Flechten und Moose. Wenn mir die Farne zu viel werden, muss ich hinab zu den simpleren, weniger anspruchsvollen Pflanzen. Um diese Mikrowelt würdigen zu können, braucht man ein starkes Vergrößerungsglas – das hat jeder von uns dabei – oder sogar ein Taschenmikroskop (wie Dick eins hat), denn erst so kann man die winzigen Sterne der Moose und die »Feenbecher« der Flechten erkennen.

Ich geselle mich zu Robbin, der am Bach steht. Er weist mich auf Lebermoose und ein Hornblatt (*Anthoceros*) hin, bei dem man blaugrüne, nitrifizierende Bakterien (*Nostoc*) erkennen kann. Tiere, höher entwickelte Pflanzen, ja sogar Hornblattgewächse, sagt er, mögen sich überlegen und erhaben fühlen, doch letztlich hängt unser aller Existenz von etwa hundert Bakterienarten ab, denn nur sie sind imstande, den in der Luft enthaltenen Stickstoff zu nitrifizieren, sodass wir Proteine bilden können.

»Ah, endlich ein *Elaphoglossum*!«, sagt John Mickel und klettert auf einen Felsen. »Davon gibt es sechshundert Arten, und sie sehen alle gleich aus. Das hier ist …« Er brummt und räuspert sich und dreht und wendet den

Wedel unter dem Vergrößerungsglas. »Ich glaube, es ist ein *Elaphoglossum pringlei.*«

Die meisten Farne lassen sich recht leicht unterscheiden und bestimmen – anhand von Größe, Form und Farbe ihrer Wedel, anhand der Art der Rippen und Adern, der Beschaffenheit und Lage der Sporangienhäufchen, anhand ihres allgemeinen Erscheinungsbildes. Doch das *Elaphoglossum* ist in dieser Hinsicht heikel. Bei seiner raschen, genauen und beinahe intuitiven Untersuchung muss John auf sehr kleine Unterschiede, wie zum Beispiel die Form und Verteilung der Blattschuppen, geachtet haben, auf charakteristische Merkmale, die nur mit einer Lupe zu erkennen sind.

Als ich Boone nach dem *Asplenium hallbergii* frage, ist er taktvoll genug, um meinen Schnitzer zu übersehen: Ich habe nicht verstanden, dass er selbst Hallberg – Boone Hallberg – ist und dass diese Spezies ihm zu Ehren benannt wurde. (Das war mir nicht bewusst, oder ich hatte es vergessen, denn für alle hier ist er einfach »Boone«.) Der geheimnisvolle Boone fasziniert mich. Hier und da schnappe ich etwas auf: Er ist kein systematischer Botaniker, sagt Scott. Sein Interesse galt seit jeher mehr der Landwirtschaft und der Ökologie. Er kam als junger Mann nach Mexiko, und die besonderen Gegebenheiten in Oaxaca interessierten ihn. Vor allem die Entwaldung bereitete ihm Sorgen, und er bemühte sich sehr, die Bewohner verschiedener Dörfer zu Wiederaufforstungen zu bewegen. Er schien eine besondere Begabung zu haben, direkt und mühelos mit den Bauern zu sprechen und die Dinge von ganz unten ins Rollen zu bringen. Er hat sich auch mit landwirtschaftlichen Problemen und Möglichkeiten befasst, insbesondere mit den Potenzialen neuer Maissorten.

Boones Spanisch klingt so flüssig und idiomatisch wie das der Oaxaker. Er unterhält sich gerade ernst mit Fernando, dem Sohn des Busfahrers. Fernando ist etwa sechzig Jahre jünger als Boone, doch der alte Mann und der Junge fühlen sich offenbar sehr wohl miteinander. Ich habe sogar das Gefühl, dass Boone für die örtlichen Bauern eine Art Vaterfigur ist.

Mir fällt jetzt ein – diese Verbindung habe ich vorher gar nicht hergestellt –, dass Mickels und Beitels Buch, die Farnbibel, Boone gewidmet ist, denn von ihm stammte der Vorschlag an John, die Farne von Oaxaca zu katalogisieren. In Oaxaca, sagte er, gebe es vermutlich mehr Spezies als in jedem anderen Bundesstaat Mexikos, und dieses Gebiet sei bisher am wenigsten untersucht worden. Daraufhin unternahm John in den Sechziger- und Siebzigerjahren mehrere Exkursionen und sammelte beinahe fünftausend Exemplare aus allen Regionen. In den frühen Siebzigerjahren steuerte Boone selbst noch einmal fünfhundert Exemplare bei, viele davon Seltenheiten. Als die *Flora* 1988 veröffentlicht wurde, hatten John und seine Kollegen nicht weniger als fünfundsechzig neue Farnspezies entdeckt und einen Katalog von 690 Spezies erstellt, die allesamt in Oaxaca zu finden sind. Und Boone hatte bei alldem geholfen und für Unterkunft, Verpflegung, einheimische Führer, logistische Unterstützung und Transportmittel gesorgt.

Hier in Mexiko, sagt Boone, muss man seinen Kopf anstrengen, wenn man wissen will, was los ist. In Amerika ist alles publiziert, organisiert, bekannt. Hier dagegen spielt sich alles unter der Oberfläche ab, der Geist wird ständig herausgefordert.

....

Die Mannigfaltigkeit der Farnwelt von Oaxaca erscheint wie ein Wunder. In Neuengland gibt es nicht mehr als etwa hundert Arten, in ganz Nordamerika sind es vielleicht vierhundert. In allen Breitengraden gibt es Farne – in Grönland beispielsweise sind es dreißig tapfere Arten –, doch je näher man dem Äquator kommt, desto mehr werden es. In Costa Rica, wo Robbin jedes Jahr einen Kurs abhält, sind es fast 1200 Arten. Und es gibt dort einen Reichtum an Formen, Größen, Formaten, man findet ganze Farnfamilien, die in den gemäßigten Zonen mit keiner einzigen Spezies vertreten sind. Auch Oaxaca hat alle möglichen Lebensräume zu bieten, vom zentral gelegenen Trockental (das seinerseits auf einem 1700 Meter hohen Plateau liegt) über Regen- und Nebelwald bis hin zu Berggipfeln. Baumfarne, Kletterfarne, Hautfarne, Tüpfelfarne – sie sind alle vertreten, in unglaublicher Vielfalt.

....

Robbin und ich stellen fest, dass wir in Gedanken noch immer am Bachufer bei dem kleinen Hornblatt und seiner kostbaren, symbiotischen Fracht aus nitrifizierenden Bakterien sind. Wir sind umgeben von Stickstoff, vier

Fünftel der Erdatmosphäre bestehen daraus. Und wir alle – Tiere, Pflanzen, Pilze – brauchen ihn, um Nuklein- und Aminosäuren, Peptide und Proteine zu produzieren. Doch mit Ausnahme von Bakterien ist kein Organismus imstande, Stickstoff direkt umzusetzen, und darum sind wir darauf angewiesen, dass sie den Stickstoff aus der Atmosphäre in eine Form überführen, die wir verwerten können. Ohne diese Bakterien wäre das Leben auf der Erde noch nicht sehr weit gekommen.

Der intensive Anbau einer einzigen Pflanze vermindert den Stickstoffgehalt des Erdreichs sehr rasch, doch ebenso wie andere Ackerbau treibenden Völker haben die Mittelamerikaner – durch Experimente, durch Versuch und Irrtum – bereits früh erkannt, dass der zusätzliche Anbau von Bohnen und Erbsen dem Boden hilft, sich schneller zu erholen. (Man entdeckte auch, dass Erlen den Boden auf ähnliche Weise wie Hülsenfrüchte düngen und verbessern; dies ermöglichte eine intensivere Bewirtschaftung der Felder. Gegen 300 v. Chr. war das Anpflanzen von Erlen ein fester Bestandteil des Ackerbaus in Mexiko geworden.) In Europa, erklärt Robbin, wurden zahlreiche Hülsenfrüchte wie Klee, Luzernen und Lupinen als Viehfutter angebaut, und diese waren bei der Verbesserung des Bodens noch leistungsfähiger als Erbsen oder Bohnen. In China und Vietnam, fährt er fort und erwärmt sich für das Thema, ist der große Bodenverbesserer keine Hülsenfrucht, ja nicht einmal eine Blütenpflanze, sondern ein winziger Algenfarn (*Azolla*), der in Symbiose mit einem nitrifizierenden Cyanobakterium namens *Anabaena azollae* lebt. Der auf den Feldern unter Wasser gesetzte Reis wächst wesentlich schneller, wenn *Azolla* in den Schlamm eingebracht wird – in Vietnam nennt man diesen Farn »grüner Dung«.

Obgleich dieses praktische Wissen seit der Steinzeit vorhanden ist, wusste eigentlich niemand, warum die Methode funktioniert. Erst im 18. Jahrhundert entdeckte man, dass die eigenartigen Knötchen, die man oft an den Wurzeln von Hülsenfrüchten findet, voller Bakterien sind und dass diese mithilfe ihrer besonderen Enzyme imstande sind, atmosphärischen Stickstoff zu binden und der Pflanze zugänglich zu machen. (Ähnliches gilt für die Knötchen an Erlenwurzeln und für die *Anabaena* in den Algenfarnen.) Wenn die Pflanze sich schließlich auflöst, werden die nun assimilierbaren Stickstoffbestandteile freigesetzt und gelangen in die Erde.[5]

Um diese Zeit erkannte man auch, dass man – ganz gleich, wie sorgfältig man den Boden mit Kompost und Mist düngte und wie oft man Bohnen, Wicken, Klee oder Lupinen anbaute – ohne zusätzliche anorganische und extrem stickstoffreiche Düngemittel nicht in der Lage sein würde, die explosionsartig wachsende Weltbevölkerung zu ernähren. Gegen Ende des 19. Jahrhunderts wurde deutlich, dass eine Stickstoffkrise drohte und man mehr Ammoniak und Nitrate brauchte, wenn die exponentiell wachsende Weltbevölkerung nicht hungern sollte – die Katastrophe, die Malthus ein Jahrhundert zuvor prophezeit hatte. Es entstand große Nachfrage nach südamerikanischem Guano und Salpeter (die Peruaner setzten diese Stoffe schon lange als Düngemittel ein), doch schon nach einigen Jahrzehnten waren die Vorkommen erschöpft. Da es nicht mehr genug Naturdünger auf dem Planeten gab, bestand die große Herausforderung zu Beginn des 20. Jahrhunderts darin, synthetisches Ammoniak herzustellen.

Inzwischen, sagt Robbin schulterzuckend, herrscht ein Überangebot an Kunstdünger, und jährlich werden Tausende Tonnen davon in unsere Flüsse, Seen und Meere geschwemmt. Das stört den Stickstoffkreislauf und lässt Algen und andere Pflanzen wuchern. Und dabei haben Regionen wie Oaxaca gar keinen Nutzen davon, denn dort sind die Bauern viel zu arm, um sich Kunstdünger kaufen zu können. Dies war der Punkt, an dem Boone ansetzte: Er erkannte bereits früh, dass die Bauern produktiver werden mussten, ohne ihre Autonomie zu verlieren und sich von amerikanischem Kunstdünger abhängig zu machen, und er fragte sich, ob es nicht möglich sei, die Getreide selbst durch Kreuzung oder Veredelung mit nitrifizierenden Bakterien auszustatten.

In der Nähe der kleinen Stadt Totontepec entdeckte Boone eine sehr große Maisspezies, deren Wurzeln einen schleimigen Überzug hatten. Bei näherer Untersuchung stellte er fest, dass dieser Schleim mehrere Arten von nitrifizierenden Bakterien enthielt. Die Frage war nun, ob es möglich sei, diese Bakterien in die Pflanze selbst zu integrieren, also einen nitrifizierenden Mais zu züchten. Boone hat andere ermuntert, diese Möglichkeit zu erforschen. Durch genetische Manipulation, fügt Robbin hinzu, könnte es sogar möglich sein, die Bakterien überflüssig zu machen und das für die Nitrifizierung zuständige Gen in die Pflanze einzubauen.

....

Wir sitzen wieder im Bus und nähern uns dem kleinen Dorf El Cerezal (Der Kirschgarten). Ich sehe nicht einen einzigen Kirschbaum, aber rechts und links der Straße blühen Birnbäume. Der Bus muss so stark bremsen, dass er beinahe stehen bleibt, denn die Straße ist mit Schwellen versehen (die man hier »schlafende Polizisten« nennt). Sie wurden eingebaut, nachdem in diesem Dorf vor ein paar Jahren ein Mädchen von einem zu schnellen Bus überfahren worden war. Ein Falke, der uns vorausfliegt, schreit erregt auf und schwenkt seitlich davon.

Jemand sagt über eine bestimmte Farngruppe: »Die sind alle fiederspaltig.« In diesem Bus ist eine riesige Menge von Wissen versammelt. Ich habe das Gefühl, dass es für die systematische Botanik ein unersetzlicher Verlust wäre, wenn wir einen Unfall hätten (und das könnte leicht geschehen, denn neben den Haarnadelkurven gähnt ein felsiger Abgrund).

Auf der anderen Seite des Tals, im Nebel, liegen Ixtlán und Guelatao, das Dorf, in dem laut Luis »am 21. März 1806 Benito Juárez geboren wurde. Das ist in Mexiko ein Feiertag.« Luis erzählt von Juárez' Werdegang, seinem Leben, seinen Zielen. »Er lernte bei den Patres lesen und schreiben, besuchte das Priesterseminar und las die Philosophen. Dort machte er sich einige der Ideen und Maximen zu eigen, die er später, als Präsident, umsetzte. Dann ging er auf die Universität von Oaxaca und studierte Jura. Er wurde erst Gouverneur von Oaxaca und 1858 schließlich Präsident von Mexiko.« Es folgt ein ausführlicher Exkurs über Mexikos allgemeine und politische Lage im Jahr 1858. Zunächst höflich, dann nur noch benommen schweigend hören wir zu. Inzwischen gleiten draußen alle möglichen interessanten Pflanzen vorbei.

Kirchlicher Besitz wurde enteignet, die Abgaben und Machtbefugnisse gingen auf den Staat über. Dieser Schritt führte zur Invasion der Franzosen. Luis' Stimme bildet nur noch einen akustischen Hintergrund. Ich sehe hinaus, zu dem Dorf San Miguel del Río auf der anderen Talseite. Dort stehen am Flussufer riesige Sumpfzypressen (*Taxodium*).

Wir fahren jetzt von dem Höhenzug hinunter ins Tal des Río Grande. »Wenn ich mal kurz unterbrechen darf«, sagt Boone und steht auf (kein anderer hätte es gewagt, Luis bei seinem Vortrag über mexikanische Geschichte ins Wort zu fallen). »Wir würden jetzt gleich über eine alte Stahlbrücke fahren, die 1898 von der Cleveland Corporation gebaut wurde, aber leider hat ein Müllwagen sie letztes Jahr einstürzen lassen.« Die Brücke, deren eines Ende zusammengebrochen ist, liegt halb überspült im Wasser. JD, der mehr auf Vögel als auf zerstörte alte Dinge achtet, entdeckt auf einem der Stützpfeiler einen Grauen Seidenfliegenschnäpper.

Wie erstaunlich, dass ein Mann zapotekischer Abstammung, der in einem kleinen Dorf geboren war, Präsident von Mexiko wurde. Seine Herkunft aus kleinen Verhältnissen, sein Verständnis für die Bedürfnisse der Armen, seine liberalen Ideen machten ihn zum Abraham Lincoln Mexikos. Luis fährt fort, uns die Geschichten und Mythen zu erzählen, die sich um Benito Juárez' Kindheit und Jugend ranken, Anekdoten, die seinen Charakter, sein Schicksal, seine zukünftige Größe illustrierten.

Der Bus fährt wieder bergauf, wir sind auf einer Höhe von beinahe 700 Metern und können weiter oben am Hang, zu unserer Rechten, die kleine Stadt Ixtlán erkennen. Boone zeigt uns sein Haus und die botanische Station hoch an einem von Wolken gekrönten Berg, oberhalb von Guelatao. Auf den nächsten eineinhalb Kilometern, sagt er, werden wir einen neuen, dominanten *Civocarpus* sehen – der Zusatz klingt wie »*macrophylla*«. (Was ist ein *Civocarpus*?, frage ich mich.)[6] Er kennt jede Biegung, jede Kurve dieser Straße, jeden Quadratkilometer dieses wilden, schönen Landes.

Ich würde gern seine Geschichte hören. Was hat ihn dazu gebracht, als junger Mann in den Vierzigerjahren hierherzukommen?

Ich unterhalte mich mit Scott über unser ureigenes Bedürfnis zu identifizieren, zu kategorisieren, zu organisieren. Er selbst, sagt er, geht, wenn er eine bestimmte Spezies sieht, erst zur übergeordneten Kategorie – der Familie – und von da zu Genus und Spezies. Wie viel unseres Kategorisierungsvermögens ist im Gehirn angelegt? Wie viel ist erlernt? Ist »belebt/unbelebt« beispielsweise eine angeborene Kategorie? Oder die Reaktion von Primaten auf Schlangen? Müssen junge Vögel und Fledermäuse lernen, welche Pflanzen sie zu bestäuben haben? Wir sprechen über den Vogelgesang, der halb angeboren, halb erlernt ist.

....

Schließlich erreichen wir den Llano de las Flores. John Mickel läuft rasch hin und her und bestimmt alle Farne: Schildfarn, Lanzenförmiger Schildfarn, Weiblicher Streifenfarn, Zerbrechlicher Blasenfarn, Adlerfarn, manche Exemplare an die fünf Meter hoch. Sie sind allesamt in gemäßigten Zonen verbreitet. Und *Plecosorus speciosissimus* und *Plagiogyria pectinata.* Ich mag diese rhythmisch dahinrollenden lateinischen Namen, in denen die Atmosphäre einer lange vergangenen scholastischen Zeit mitschwingt. Die Flanken des Straßengrabens sind mit Bärlapp überwuchert – zwergenhafte Pflanzen wie aus dem Märchenland, mit winzigen Blättern und Zapfen. Es gibt auch zahlreiche Epiphyten, die sich um die Stämme der Bäume schlingen und kaum einen Quadratzentimeter unbedeckt lassen. Gewöhnlich sind sie harmlos und krallen sich nur an der Rinde fest, ohne zu schmarotzen oder dem Baum zu schaden – es sei denn, das schiere Gewicht dieser Luftpflanzen bringt ihn zu Fall. (Ich habe gehört, dass das im australischen Regenwald, wo Geweihfarne das ungeheure Gewicht von 250 Kilo erreichen können, gelegentlich passiert.)

JD stapft in ornithologischer Ekstase durch den Adlerfarn. Seine massige, bärtige Gestalt wendet sich hierhin und dorthin, und überall entdeckt er neue Spezies, neue Varianten. Er stößt immer neue Ausrufe des Entzückens aus. »Mein Gott! O mein Gott! Seht euch das an ... Wie schön ...« Seine Begeisterung, sein Schwärmen, seine Freude über die Schönheit und Frische der Vögel lassen nicht nach. Er ist wie Adam im Garten Eden.

Ich gestehe, dass ich eine Schwäche für Adlerfarn habe. Mit seinen fächerartigen Wedeln, hellgrün im Frühling, später nachdunkelnd, ist er ein schöner Anblick. Manchmal bedeckt er ganze Hügel. Wenn man zeltet, ist Adlerfarn eine gute Schlafunterlage, angenehmer als Stroh, denn er ist weicher und isoliert besser. Es mag angenehm sein, auf Adlerfarn zu schlafen oder sich an seinem Anblick zu erfreuen, doch der Verzehr – Pferde und Kühe fressen ihn manchmal im Frühling, wenn die zarten jungen Schösslinge sprießen – ist schädlich. Tiere, die Adlerfarn gefressen haben, können am »Farntaumeln« erkranken, denn Adlerfarn enthält ein Enzym namens Thiaminase, und dieses zerstört das für das normale Funktionieren des Nervensystems erforderliche Vitamin B_1. Als Neurologe interessiert mich das, denn diese Tiere verlieren ihre Koordination und beginnen zu taumeln, sie sind »nervös« oder zittern, und wenn sie dann weiterhin Adlerfarn fressen, bekommen sie Krämpfe und sterben.

Doch das ist, wie ich jetzt erfahre, nur ein winziger Teil des Repertoires, über das der Adlerfarn verfügt. Robbin bezeichnet ihn als »Lucrezia Borgia der Farne«, denn hungrige Insekten erwartet ein ganzes Arsenal furchtbarer Waffen. Sobald ein Insekt seine Beißwerkzeuge in einen jungen Adlerfarnwedel schlägt, setzt dieser Wasserstoffcyanid frei, und wenn dies seine Wirkung verfehlt, kommt ein zweites, noch grausameres Gift zum Zug. Adlerfarn enthält größere Mengen einer Hormongruppe namens Ecdysone als alle anderen Pflanzen, und diese Hormone lösen bei Insekten ungeregelte Häutungen aus. Im Klartext heißt das, erklärt mir Robbin, dass das Insekt seine letzte Mahlzeit gefressen hat. Für ihre Ställe benutzten die Römer eine Streu, die hauptsächlich aus Adlerfarn bestand. In einem solchen Stall aus dem 1. Jahrhundert fand man 250.000 Stallfliegenpuppen, die fast allesamt Fehlentwicklungen zeigten.

Und als wäre das noch nicht genug, enthält Adlerfarn ein starkes Karzinogen, und obgleich Kochen die meisten bitteren Tannine und die Thiaminase zerstört, haben Menschen, die über einen längeren Zeitraum größere Mengen Adlerfarn essen, ein erhöhtes Risiko, Magenkrebs zu bekommen. Mit diesen furchterregenden chemischen Waffen und seinen sich aggressiv ausbreitenden, praktisch unzerstörbaren und tief in der Erde sitzenden Rhizomen ist der Adlerfarn ein pozentielles Monster. Er kann riesige Gebiete überwuchern und alle anderen Bodenpflanzen des nötigen Lichts berauben.

Doch der hiesige Adlerfarn (*Pteridium feei*) ist ein großartiger Anblick und – anders als der gewöhnliche Adlerfarn – außerordentlich selten, denn es handelt sich hier um eine endemische Spezies, die nur in Südmexiko, Guatemala und Honduras vorkommt.

Morgen, verspricht John, werden wir auf der dem Atlantik zugewandten Seite des Höhenzugs eine besondere Spezies der *Pteris* kennenlernen. Dieser Name hat verwirrende Ähnlichkeit mit *Pteridium*, doch es handelt sich um eine andere Gattung und Familie. Wir werden also die herrliche *Pteris podophylla* sehen, die äußerst ungewöhnlich geformte, fächerartige Wedel von drei, vier Metern Länge hat. John hat uns die riesigen, »fußförmigen« Wedel so wortreich und beinahe lyrisch beschrieben, dass ich die Pflanze in seiner *Flora* nachschlage. Dabei stolpere ich über die Beschreibung einer anderen *Pteris* – *Pteris erosa* –, die John und sein Kollege Joseph Beitel 1971 bei ihrer Expedition durch Oaxaca entdeckt haben. Was mich am meisten erstaunt, ist die Tatsache, dass ihrer englischen Beschreibung ein lateinischer Absatz vorausgeht: »*Indusio fimbrato, rachidis aristis 1 mm longis necnon frondis dentibus marginalibus apicem versus incurvis diagnoscenda.*« Als ich John danach frage, erklärt er mir, dass die formelle Beschreibung einer neuen Pflanzenart und die diagnostischen Kriterien zu ihrer Bestimmung traditionell lateinisch formuliert sein müssen. Ich wusste, dass das vor Jahrhunderten nicht nur in der Botanik, sondern auch in der Zoologie und Mineralogie üblich war, doch nur in der Botanik ist diese eigenartige, mittelalterliche Gepflogenheit erhalten geblieben.

....

Nachdem wir eine Stunde lang Farne gesucht und bestimmt haben, legen wir eine Mittagspause ein, und ich esse unklugerweise recht viel (die Höhenluft – wir sind in 3000 Metern Höhe – hat mir Appetit gemacht): ein Brot, noch ein Brot, ein drittes Brot, einen Nachtisch, und dazu trinke ich ein paar Biere. Wir steigen wieder in den Bus und fahren einige Kilometer zurück zu einer Abzweigung. Diese kleine Straße, sagt John, ist außerordentlich schön und verläuft durch einen von Scheinschmarotzern überwucherten Wald bis zu einer Felsnase, auf der zahlreiche Farnarten wachsen. In zügigem Tempo gehen wir die Straße entlang, die sich auf beinahe 3200 Meter Höhe hinaufwindet – zu zügig für mich, wie ich merke. Mir ist ziemlich unwohl. Das reichliche Mittagessen und das kohlensäurehaltige Bier haben mich aufgebläht, und das Atmen fällt mir schwer. Mein Herz klopft, eine Welle von Übelkeit überkommt mich, und mir bricht der kalte Schweiß aus. Höhenkrankheit und meine Dummheit, so viel zu essen. »Immer mit der Ruhe!«, rät mir einer, der mich überholt. Mag sein, dass ich einigermaßen fit bin, denke ich, aber ich bin sechsundsechzig und an diese Höhe noch nicht gewöhnt. Ich habe das Gefühl, als würde das Blut aus meinem Kopf weichen und als wäre mein Gesicht ganz grau – gut, dass es niemand sieht. Ich würde gern anhalten und rasten, glaube aber, mich beeilen zu müssen, um den Anschluss an die anderen nicht zu verlieren. Die Übelkeit nimmt zu, in meinem Kopf hämmert es, mir wird schwindlig. Ein Teil von mir sagt, dass das nicht so schlimm ist und vorübergehen wird, doch ein anderer Teil wird immer ängstlicher, und mit einem Mal bin ich davon überzeugt, dass ich hier sterben könnte, und so setze ich mich abrupt und keuchend auf einen Stein. Ich habe keine Energie, Notizen zu machen. Heute Abend im Hotel werde ich die Ereignisse des Nachmittags rekonstruieren.

trees. *Taxodium distichum* is a deciduous tree, forming extended swampy woods on the north coast of the Gulf of Mexico from Florida to Galveston; the short shoots have two ranks of leaves and are shed as a whole. *T. mexicanum* is evergreen and is widely distributed on the highlands of Mexico; very large

FIG. 624.—*Taxodium mexicanum* in the churchyard of S. Maria de Tule at Oaxaka. This giant tree is one of the oldest living. (From a photograph.)

specimens occur, such as the giant tree of Tule, which at a height of 50 m. was 44 m. in circumference, and was estimated by VON HUMBOLDT to be 4000 years old (Fig. 624).

Sub-family **Abietineae.**—The floral structure of the Abietineae may be described

KAPITEL 4

Montag

Ein kleiner frühmorgendlicher Spaziergang in der Nähe des Hotels mit Dick Rauh und seiner Frau hätte beinahe ein schlimmes Ende genommen. Wir verliefen uns und wären beim Überqueren des Pan American Highway um ein Haar überfahren worden. Wir haben offene Kanalisationsgräben und Kinder mit Geschwüren und entzündeten Augen gesehen. Schmutz und schreckliche Armut. Dieselabgasschwaden nahmen uns die Luft. Ein aggressiver, möglicherweise tollwütiger Hund versuchte uns zu beißen. Dies ist die Kehrseite von Oaxaca: eine moderne Stadt mit Armut, vielen Autos und Berufsverkehr mit zahlreichen Staus. Vielleicht ist es ganz gut, dass ich die Kehrseite sehe, bevor ich über dieses Paradies zu sehr ins Schwärmen gerate.

....

Seit über fünfzig Jahren schon will ich El Gigante, die berühmte, riesige Sumpfzypresse auf dem Friedhof von Santa María del Tule, besichtigen, seit ich in meinem Biologiebuch ein altes Foto davon gesehen und gelesen habe, dass Alexander von Humboldt, der 1803 hier war, glaubte, der Baum sei viertausend Jahre alt. Der Gedanke, dass

Humboldt eigens dorthin gereist war, um den Baum zu sehen, und dass ich heute, beinahe zweihundert Jahre später, vielleicht genau dort stehe, wo er damals stand, verleiht dem Ganzen eine besondere Dimension. Seit ich vierzehn oder fünfzehn war, ist Humboldt einer meiner großen Helden. Mir gefallen seine enorme, unstillbare Neugier, sein Einfühlungsvermögen und seine Kühnheit: Er war der erste Europäer, der den Chimborazo, den höchsten Andengipfel Ecuadors, erstieg, und hatte keinerlei Bedenken, mit Ende sechzig eine Expedition durch das unerschlossene Sibirien zu unternehmen, wo er Mineralien und Pflanzen sammelte und meteorologische Beobachtungen machte. Er besaß nicht nur ein offenkundiges Gespür für die Natur, sondern ging anscheinend auch ungewöhnlich feinfühlig mit den Völkern und Kulturen um, denen er begegnete (was man nicht von allen Naturforschern und auch nicht von allen Anthropologen sagen kann).

Wir sind in einem Vorort von Oaxaca, doch zu Humboldts Zeiten müssen diese Kirche und der Baum weitab von allem gelegen haben. Auf dem alten Foto ist das deutlich zu sehen: Die Kirche befindet sich in offenem Gelände. Inzwischen ist ringsumher eine geschäftige Kleinstadt entstanden, die wiederum schon fast von der Metropole geschluckt worden ist.

Der Baum ist so groß, dass ein einziger Blick ihn nicht ganz erfassen kann. Er muss noch beeindruckender ausgesehen haben, bevor die Kirche und die umliegenden Häuser gebaut wurden. Neben ihm wirkt die Kirche wie ein Spielzeug. Beeindruckend ist nicht nur die Höhe des Baumes (etwa fünfzig Meter), sondern vor allem der Umfang seines Stammes (über fünfundsechzig Meter) und die gewaltige Krone, die pilzförmig darüber thront.

Zahlreiche Vögel fliegen in der Krone ein und aus – der Baum bietet ihnen Schutz und Wohnung. Scott holt Lupe und Kamera hervor und untersucht und fotografiert die Zapfen – die weiblichen sind auf Augenhöhe, die männlichen wachsen weiter oben.

Takashi Hoshizaki, der trotz seiner fünfundsiebzig Jahre schlank und rüstig ist und einen grünen, mit Anstecknadeln übersäten Hut trägt, vergleicht die Zypresse mit den Grannenkiefern in Kalifornien, die angeblich sechstausend Jahre alt sind. Ich erwähne den Drachenbaum von Laguna auf den Kanarischen Inseln, der ebenfalls sechstausend Jahre alt sein soll und den Humboldt mit so überschwänglicher Begeisterung beschrieb, dass Darwin tief enttäuscht war, weil er ihn wegen einer behördlich verhängten Quarantäne nicht besichtigen durfte. Vor zweitausend Jahren, sagt Takashi, war hier ein Sumpf mit üppiger Vegetation, heute dagegen ist diese Gegend während des größten Teils des Jahres eine trockene Halbwüste, und diese Zypresse mit ihren weitverzweigten Wurzeln ist das einzige überlebende Zeugnis der Vergangenheit. Was hat El Gigante gesehen? Den Aufstieg und Niedergang von einem halben Dutzend Kulturen, die Ankunft der Spanier, die ganze von Menschen geschriebene Geschichte von Oaxaca.

....

Luis erzählt uns – möglicherweise inspiriert von dem hohen Alter der Sumpfzypresse – die prähistorische Geschichte von Oaxaca: Um 15.000 v. Chr., in der letzten Eiszeit, zogen asiatische Völker über die Beringstraße nach Nordamerika und drangen nach Süden vor. Sie waren Jäger, Fischer und Sammler. Ein paar Tausend Jahre später waren die Wollmammuts, die Mastodons und andere große Säugetiere ausgestorben. Hat die Jagd dazu beigetragen? Oder hat eine Naturkatastrophe, ein Klimawandel sie verschwinden lassen? Die Jäger und Sammler mussten ihr Überleben notgedrungen auf andere Weise sichern und lernten, Mais, Bohnen, Kürbisse, Chilis und Avocados anzubauen (diese Pflanzen sind in Oaxaca auch heute noch Grundnahrungsmittel). Gegen 2000 v. Chr., schreibt ein Historiker, »war Mittelamerika von Bauern besiedelt, deren Dörfer sich gleichermaßen auf Hoch- und Tiefland verteilten«.

Luis schildert, wie es in Gegenden mit guten Böden zur Gründung fester Siedlungen kam, die sich schon sehr früh durch eigene Sprachen, Sitten und Fertigkeiten auszeichneten. Durch Ausgrabungen wissen wir, was die Dorfbewohner aßen: Mais, Bohnen, Avocados und Chilis, ergänzt durch das Fleisch von Hirschen, Wildschweinen, wilden Truthähnen und anderen Vögeln. Wir wissen auch, dass Hunde bereits domestiziert waren, gleichwohl aber ebenfalls gegessen wurden. Die Männer trugen Lendenschurze und Sandalen, die Frauen Röcke aus Stoff oder Bast. Schon sehr früh gab es Handel und Verkehrswege (in ausgegrabenen oaxakischen Dörfern hat man

Obsidian gefunden, der möglicherweise schon um 5000 v. Chr. über Hunderte von Kilometern aus Zentralmexiko oder Guatemala hierhergebracht wurde), und Religion und Rituale spielten im Leben dieser Dorfbewohner eine große Rolle.

Zwischen 1000 und 500 v. Chr. entstanden die ersten großen Städte mit einer monumentalen Architektur; Kunst und Religion wurden komplexer, man entwickelte eine Schrift, und die gesellschaftliche Vielfalt nahm zu. Die größte dieser Städte war Monte Albán, das wir am Freitag besichtigen werden. Unter den Zapoteken war Monte Albán am höchsten entwickelt; von hier aus wurde ein großes, 1500 Jahre lang blühendes Reich regiert. Aus unbekannten Gründen wurde die Stadt um das Jahr 800 aufgegeben; an ihre Stelle trat eine Reihe kleinerer Provinzhauptstädte. Eine davon war Yagul, das wir heute besichtigen werden, eine andere Mitla, das wir am Donnerstag besuchen wollen. In diesen kleineren Zentren bestand die zapotekische Kultur fort und wurde durch andere bereichert: Um 1100 machte sich mixtekischer Einfluss aus dem westlichen Oaxaca bemerkbar, um 1400 jener der Azteken aus dem Norden. Hundert Jahre später kamen die Spanier und taten alles, um sämtliche Spuren früherer Kulturen auszulöschen.

Unterwegs nach Yagul macht uns Luis auf eine Felswand aufmerksam, auf die mit weißer Farbe auf rotem Untergrund ein sehr großes abstraktes Bilderschriftzeichen gemalt ist; darüber ist ein riesiges Strichmännchen. Das Bild wirkt bemerkenswert frisch, beinahe neu – kaum zu glauben, dass es tausend Jahre alt ist. Ich rätsele über die Bedeutung des Bildes. War es eine Art Ikone, ein religiöses Symbol? Eine Warnung an böse Geister oder menschliche Eroberer? Ein gewaltiger Wegweiser, an dem Reisende nach Yagul sich orientieren konnten? Oder vielleicht nur eine Kritzelei, ein prähistorisches Graffito?

In Yagul sehe ich zunächst nur Steinhaufen und grasbewachsene Hügel, alles ist vage, verschwommen, bedeutungslos, flach. Doch während ich mich umsehe und Luis zuhöre, gewinnt das Ganze Konturen. Robbin hebt eine Topfscherbe auf und fragt sich, wie alt sie wohl sein mag. Auf den ersten Blick haben diese sanften Hügel nichts Dramatisches – es braucht den geübten archäologischen Blick und eine Kenntnis der Geschichte, um ihre Bedeutung zu erfassen und sich die versunkenen Kulturen vorzustellen, die Menschen, die hier gelebt und dies alles erbaut haben. Man kann einen zentralen, grasbewachsenen Hof mit einem Altar in der Mitte erkennen. Die erhöhte Plattform, die ihn umgibt, ist laut Luis von Nordwesten nach Südosten ausgerichtet. Kannten die Zapoteken Kompasse oder richteten sie sich nach dem Stand der Sonne?

Der Altar steht inmitten von vier grasbewachsenen Hügeln; einer von ihnen ist geöffnet worden, sodass die darunterliegende Gruft zugänglich ist. Als ich hinuntersteige, fühle ich mich unbehaglich – es ist überraschend kühl, beinahe kalt dort unten, und plötzlich überkommt mich die Angst, bei lebendigem Leib begraben zu werden. Ich höre Luis zu und sehe vor meinem inneren Auge junge Männer, gefangene Krieger, die auf dem Altar geopfert werden: Man schneidet ihnen mit Messern aus Obsidian die Brust auf, reißt das Herz heraus und opfert es den Göttern. Als ich benommen wieder hinauf ins Licht der Mittagssonne klettere, erkenne ich die Reste eines großen Palastes mit Innenhöfen, kleinen Räumen und labyrinthischen Gängen – die meisten Mauersteine sind verschwunden, doch zumindest der Grundriss des Palastes ist auszumachen.

Langsam bekomme ich eine Vorstellung von diesem Leben, von einer Kultur, die so ganz anders war als meine eigene. In gewisser Weise ist es ein ähnliches Gefühl, wie man es in Rom oder Athen hat, und doch ist es nicht dasselbe, denn diese Kultur unterscheidet sich so stark von unserer. So ist zum Beispiel alles an der Sonne, am Himmel, am Wind und am Wetter orientiert. Die Gebäude und das Leben waren nach außen geöffnet, während man sich in Griechenland und Rom nach innen wandte, zum Atrium, zu den privaten Räumen, zu den Tabernakeln und dem Herd. Was für Gedichte und Epen haben diese mittelamerikanischen Kulturen hervorgebracht? Sind sie aufgezeichnet worden oder wurden sie nur mündlich überliefert?

Yagul gibt uns einen ersten Eindruck davon, wie das antike Mittelamerika und die Kulturen, die es hier vor tausend oder zweitausend Jahren gab, ausgesehen haben könnten. Dabei ist dies, wie Luis sagt, nur ein Vorspiel. In einigen Tagen wird er uns wesentlich spektakulärere Ruinen zeigen.

Auf einer Treppe liegt ein Hund träge im Schatten. Ich setze mich neben ihn – er öffnet ein Auge und betrachtet mich, doch als er sieht, dass ich keine Bedrohung darstelle, sondern eine Art Bruder im Geiste bin, schließt er es wieder, und wir ruhen uns friedlich nebeneinander aus. Ich spüre den Gleichklang, den Fluss der Gefühle zwischen uns. Der Hund ruht, doch zugleich ist er aufmerksam und bereit – wie ein Löwe, der mit halb geschlossenen Augen in der Savanne liegt, oder ein Krokodil, das reglos auf ein nichts ahnendes Beutetier lauert und sich im Bruchteil einer Sekunde darauf stürzen kann. Was ist die Physiologie dieses Zustands ruhender Bereitschaft, und ist er auch für uns Menschen möglich?

....

Nachdem wir Yagul pflichtschuldig besichtigt haben, verteilen sich unsere Botaniker in der Umgebung, klettern auf einen Hügel, der eine Aussicht auf die Ruinen bietet, und untersuchen die vertrockneten Farne in dieser ausgedörrten Gegend. Sie sind vertrocknet, aber keineswegs tot (obgleich sie für mich Unwissenden so tot aussehen, wie Pflanzen nur sein können) – in diesem Zustand ist ihr Stoffwechsel praktisch zum Stillstand gekommen. Doch wenn es eine Nacht lang regnet oder wenn man sie über Nacht in Wasser stellt, sind sie am nächsten Morgen ganz lebendig, wunderbar frisch und grün, sagt John Mickel.

Am faszinierendsten finde ich den sogenannten Auferstehungsfarn *Selaginella lepidophylla* (der eigentlich zu den Farnartigen gehört), den ich, wie mir jetzt einfällt, als feste, braune Rosetten auf dem Markt gesehen habe. Wir sammeln einige Rosetten, um sie über Nacht in Wasser zu legen.

Man braucht ein geübtes Auge, um die vertrockneten, verwelkten, eingerollten Farne zu entdecken und sie von der braunen Erde zu unterscheiden, doch die meisten in unserer Gruppe haben genug Erfahrung und kriechen, eine Lupe in der Hand und ohne Rücksicht auf ihre Kleidung, über die Hügelflanke. Ständig finden sie neue Farne. »*Notholaena galeottii!*«, ruft einer. »*Astrolepis sinuata!*«, ruft ein anderer. Es gibt hier nicht weniger als fünf Spezies der *Cheilanthes.* Diese sind jedoch am schwierigsten auszumachen, denn um den Wasserverlust so gering wie möglich zu halten, haben sie die Wedel abgeworfen und bestehen nur noch aus einem beinahe unscheinbaren braunen Stängel. Diese sehen wie abgestorben aus, doch John sagt, dass sie bereits Stunden nach dem ersten Frühlingsregen neue Wedel treiben werden. Wie der Auferstehungsfarn haben auch diese Pflanzen sich ausgezeichnet an das Leben in der Wüste angepasst, in diesem Fall durch die Entwicklung einer Trennungsschicht im Stängel, die es der Pflanze ermöglicht, sich ihrer Wedel rasch zu entledigen, um die Verdunstung so weit wie möglich zu reduzieren.

Beinahe das einzige Grün in dieser ausgedörrten Landschaft kommt von den Misteln, die das vaskuläre System einiger Bäume anzapfen. Diese Bäume, stelle ich mir vor, sind unwillige Wirte, denn obgleich die Misteln einen Teil der benötigten Nährstoffe durch Fotosynthese selbst herstellen (es sind nur Halbschmarotzer, sagt Robbin), scheinen sie den Wirtsbaum sowohl des Wassers als auch der Nahrung zu berauben: Die Zweige jenseits der Misteln sehen dünn und geschwächt aus. Der Anblick der monströsen Misteln lässt mich innerlich erschauern, und ich stelle mir vor, wie sie sich auf einem Wirtsbaum festsetzen, die Säfte abschnüren und ihn töten. Ich denke an andere Arten von Parasiten, an seelische Parasiten, an Menschen, die auf Kosten anderer leben, sie aussaugen und letztlich töten.

....

Ich unterhalte mich mit David Emory, der ein großer Enthusiast ist (er ist, trotz seiner plump wirkenden Leibesfülle, immer der Erste, der aus dem Bus springt, sich niederbeugt oder flach auf den Boden legt, Hügel hinaufkriecht und Pflanzen findet). In jungen Jahren war er Chemielehrer (jetzt unterrichtet er Biologie), und wir tauschen Chemieanekdoten und -erinnerungen aus. Er erzählt mir von einem Quecksilberhammer (das Quecksilber war in Alkohol und Trockeneis gefroren) und wie er einmal seine Hand mit Eisenchlorid eingestrichen und dann eine Substanz X und eine Substanz Y auf die Handfläche beziehungsweise auf den Handrücken aufgetragen hat, die sich dann rot, beziehungsweise blau färbten. »Worum handelte es sich bei diesen Substanzen?«, fragt er mich. »Y ist Kaliumferricyanid«, sage ich, »denn das färbt das Eisenchlorid preußischblau.« Bei dem Rot bin ich mir nicht sicher. »Kaliumschwefelcyanat«, sagt er. »Natürlich!«, rufe ich und ärgere mich über mich selbst. Vor meinem geistigen Auge sehe ich das Kirschrot von Eisenschwefelcyanat.

David hat mein Artikel im *New Yorker* gefallen: die Erinnerungen an meine »chemische Kindheit«, an Operment und Realgar, die Arsensulfide mit den wohlklingenden Namen. Er sagt, sein liebstes Arsensulfid sei das eigenartig benannte Mispickel gewesen, das seine Schüler immer für den Namen einer säuerlichen alten Jungfer gehalten hätten: Miss Pickle. Von da an begrüßen David und ich uns immer mit den Namen dieser Sulfide. Er sagt: »Operment«, worauf ich antworte: »Realgar«, und dann vollendet er das Trio mit: »Mispickel!«

KAPITEL 5

Dienstag

Sieben Uhr morgens: Die Sonne geht über den Hügeln auf. Ich sitze allein in dem seltsam leeren und stillen Speisesaal. Die Gruppe ist um fünf Uhr zu einer sechzehnstündigen Fahrt über den 3300 Meter hoch gelegenen Pass zur anderen, dem Atlantik zugewandten Seite des Gebirges aufgebrochen, wo es einzigartige Farne – Baumfarne! – gibt. Mit gemischten Gefühlen habe ich darauf verzichtet, sie zu begleiten: Zehn Stunden in einem Bus auf holprigen Straßen wären für meinen Rücken eine reine Qual. Ich liebe das Herumwandern, das Pflanzensuchen, die Lust am Entdecken, aber lange Zeit in einem Bus zu sitzen – ganz gleich, in welchem Land – ist für mich eine Tortur. Also erwartet mich ein ruhiger Tag, den ich allein verbringen werde – ich werde mich ausruhen, lesen, schwimmen, darüber nachdenken, was ich hier tue, was der Sinn dieser Reise ist. Ich werde ein paar Stunden auf dem *Zócalo*, dem großen Platz im Zentrum der Stadt, verbringen – wir waren am Samstag nur kurz dort, und das hat mir Lust auf mehr gemacht.

....

In einem Straßencafé am *Zócalo* habe ich einen kleinen Tisch gefunden. Die erhabene, verfallende Kathedrale ist zu meiner Linken, und dieser zauberhafte, quirlige Platz ist voller Cafés und gut aussehender junger Leute. Vor mir verkaufen alte Indiofrauen in Umhängen und Strohhüten am Portal der Kathedrale religiöse Bildchen und Schmuck aus Glasperlen. Die Bäume (sogenannter Indianerlorbeer, obgleich es sich um eine Feigenart handelt) sind grün, und der Himmel und die Luft sind frisch wie im Frühling. Große Trauben von gasgefüllten Ballons zerren an ihren Schnüren – manche Ballons sind so groß, dass es scheint, als könnten sie ein Kind davontragen. Einige haben sich losgerissen und in den Zweigen der Bäume auf dem Platz verfangen. (Und der eine oder andere, denke ich, könnte in große Höhen steigen, von einer Flugzeugdüse angesaugt werden und die Maschine brennend abstürzen lassen – ich sehe es wie in einem Film vor mir, doch es ist ein absurder Gedanke.)

Die bleichen, unbeholfenen, grell gekleideten Touristen unterscheiden sich deutlich von den graziösen Einheimischen. Man will mir einen Holzkamm als Souvenir verkaufen – mit meiner Touristenblässe und meinem fremdartigen Aussehen falle ich sicher ebenso auf wie die anderen.

Auf einem hübschen Platz wie diesem an einem Cafétisch zu sitzen und zu schreiben … das ist *la dolce vita.* Es beschwört Bilder von Hemingway oder Joyce herauf, von amerikanischen Schriftstellern, die in Paris oder Havanna an solchen Tischen geschrieben haben. Auden dagegen schrieb immer in einem geschlossenen, dunklen Raum, dessen Vorhänge zugezogen waren, damit die Welt dort draußen ihn nicht ablenkte. (Ein junger Mann mit einem großen Schild geht vorbei: »Beichtet eure Sünden! Sonst kann Jesus euch nicht retten!«) Ich bin das Gegenteil von Auden. Ich schreibe gern an einem offenen, sonnigen Ort, ich reiße die Fenster auf, damit Licht, Geräusche und Gerüche von draußen hereinkönnen. Ich schreibe gern an Cafétischen, denn dort habe ich (wenn auch mit einer gewissen Distanz) das bunte Treiben vor Augen.

Ich finde, dass Essen und Bewegung dem Schreiben äußerst förderlich sind. Am liebsten ist mir wohl ein Speisewagen im Zug. Vermutlich hat der Physiker Hans Bethe den thermonuklearen Zyklus der Sonne in einem Speisewagen entdeckt.

Die Ballonverkäuferin hält mit einer Hand die gewaltige Masse ihrer Ballons fest und geht über das Kopfsteinpflaster, um etwas in einen Mülleimer zu werfen. Ihr Gang ist außerordentlich leicht – sie scheint beinahe zu schweben. Macht das Helium sie etwa ein bisschen leichter?

In der Mitte des Platzes steht ein bezaubernder Pavillon mit einer Kuppel und schmiedeeisernen Verzierungen. (Später stelle ich zu meinem Erstaunen fest, dass unter der Kuppel eine Treppe zu einem halben Dutzend unterirdischer Läden führt – ein Bienenstock aus achteckigen Kammern.) Der Pavillon sieht tatsächlich ein wenig wie ein Raumschiff aus – wie das Raumschiff der Außerirdischen in dem Film *Krieg der Welten*.

Ich mag diese kleinen Skizzen und Impressionen. Ich bin die Arbeit, die endlose Arbeit an meinem Buch über Chemie leid! Vielleicht sollte ich lieber kleine Geschichten und Essays schreiben, Feuilletons, Fußnoten, Randbemerkungen, Aperçus …

Man lässt mich in Ruhe und behandelt mich (wie ich mir einbilde) sogar mit einem gewissen Respekt, vielleicht weil man mich mit meinem dicken Bauch, dem rastlosen Stift und dem Bart für eine Art Papa Hemingway hält.

………

Ein Mann mit einem Gestell, an dem winzige Vogelkäfige hängen.

Während ich schreibe, kommen Kinder an meinen Tisch. »*Peso, peso* …« Leider (oder vielleicht glücklicherweise) habe ich keine, jedenfalls keine Münzen. Meine letzten fünf Peso habe ich auf dem Markt für einen Laib Brot ausgegeben – einen kleinen Laib. Das Brot war viel größer, als ich erwartet hatte, allerdings herrlich leicht. Ich brauchte volle zwanzig Minuten, um es zu essen.

Es ist jetzt ein Uhr. Um sieben Uhr war es noch sehr kühl, aber jetzt ist es recht warm geworden. Als ich vor einigen Stunden auf diesen Platz kam, mieden alle den Schatten und ließen sich wie Eidechsen von den Sonnenstrahlen wärmen, doch jetzt ist das anders: Die von der Sonne beschienenen Cafés und Bänke sind leer, während die im kühlen Schatten liegenden Plätze voll besetzt sind. Am späten Nachmittag kehrt sich das Muster um, und alle versuchen, die letzten Sonnenstrahlen einzufangen. Es wäre schön, diese tägliche Migration in einem Zeitrafferfilm zu sehen. Alle dreißig Sekunden ein Bild, tausend Bilder in acht Stunden – das würde diesen Zyklus in einem unterhaltsamen Film von etwa einer Minute Länge zeigen.

Der Prediger mit seinen Plakaten steht noch immer an derselben Stelle wie zuvor, unbeeindruckt von der Welt und ihrem Treiben. Sein Geist ist auf das Reich Gottes gerichtet.

Am Rand des Platzes, gegenüber der Bushaltestelle, steht ein gepanzerter Lieferwagen. Ein schwerer Sack (voller Goldbarren?) geht durch die Hände zweier uniformierter Wachmänner und wird in den Wagen geladen, ein dritter Wachmann mit einer sehr gefährlich aussehenden Automatikwaffe steht dabei und passt auf. Das Ganze dauert kaum dreißig Sekunden.

....

Der Hotelbus bringt mich zurück, zusammen mit einem Zigarre rauchenden Mann und seiner Frau. Die beiden sprechen Schweizerdeutsch. Das Zusammentreffen dieser beiden Elemente – Hotelbus und Schweizerdeutsch – versetzt mich unvermittelt zurück in das Jahr 1946: Der Krieg war vorbei, und meine Eltern beschlossen, die Schweiz zu besuchen, das einzige »unverdorbene« Land Europas. Der »Schweizerhof« in Luzern verfügte über einen großen Wagen mit elektrischem Antrieb, der seit seiner Herstellung vierzig Jahre zuvor einwandfrei und nahezu lautlos funktionierte. Mit einem Mal überfällt mich eine halb angenehme, halb schmerzliche Erinnerung an mich als Dreizehnjährigen, an der Schwelle der Adoleszenz. Wie frisch und scharf umrissen all meine Wahrnehmungen waren! Und meine Eltern – jung, tatkräftig, knapp fünfzig. Hätte ich damals einen Blick in meine Zukunft werfen wollen, wenn man es mir angeboten hätte?

....

Zurück im Hotel, sehe ich die Teilnehmer einer internationalen Konferenz über niedrigdimensionale Physik. Sie sind ebenfalls in diesem Hotel abgestiegen und halten jeden Morgen ihre Treffen ab. Ich frage mich, worüber sie wohl diskutieren mögen. Über zweidimensionale Explosionen in einer zweidimensionalen Welt? Zwischen uns und ihnen hat es keinerlei Kontakt gegeben – die Welt, die wir die »wirkliche« nennen, unsere pteridologische Welt, ist für sie zweifellos zu grob strukturiert, wogegen ihre Welt für uns vielleicht ungreifbar ist. Gestern hörte ich jemanden sagen: »Wollen Sie tatsächlich behaupten, dass diese ganz gewöhnlich aussehenden Menschen theoretische Physiker sind?« (Theoretische Physiker, habe ich einmal gelesen, sind die intelligentesten aller Wissenschaftler und haben im Durchschnitt einen IQ von über 160.) Wenn ich sie mir heute ansehe, bin ich mir gar nicht sicher, ob sie »ganz gewöhnlich« wirken. Ich stelle fest (oder bilde mir ein), dass ihre Stimmen und Gesten auf eine durchdringende Intelligenz schließen lassen, aber ich kann mich auch irren. Ich bin im Zweifel, ob die superintelligenten Wissenschaftler, die ich kenne, irgendwelche äußerlichen Anzeichen ihrer großen Begabung offenbaren. Und ich erinnere mich an zeitgenössische Beschreibungen Humes: Er sehe aus wie ein »schildkrötenessender Ratsherr«, seine eigene Mutter halte ihn für »schwachköpfig«, und in den Pariser Salons sei man verwirrt und fasziniert von der Disparität zwischen seiner äußeren Erscheinung und seinen geistigen Fähigkeiten. Es gibt ähnliche Beschreibungen von Coleridge: Er habe Hängebacken, sein Gesicht sei die meiste Zeit puddingartig und ausdruckslos, erscheine jedoch infolge der Kraft und Beweglichkeit seines Geistes immer wieder gänzlich verändert, ja verwandelt.

Manchmal denke ich, dass ich selbst ein recht dummes Gesicht habe, obgleich es auf die meisten einen freundlichen Eindruck zu machen scheint. Auch auf mich selbst, wenn ich (wie es nicht selten geschieht) mich in einem unvermutet auftauchenden Spiegel, einem Fensterglas, nicht erkenne und denke: »Wer ist dieser nette, freundliche alte Kerl?« Allerdings habe ich mein Gesicht auch in Augenblicken intensiver Konzentration gesehen, beseelt von Freude oder Inspiration, erfüllt von tiefem Kummer oder Verzweiflung, auch von Wut – also kann es nicht so puddingartig, so ausdruckslos sein, wie ich manchmal glaube.

....

Nachdem ich den ganzen Tag teils sitzend, teils in der Stadt herumlaufend verbracht habe, beschließe ich, ein bisschen zu schwimmen. Das Hotel hat einen schönen Swimmingpool, doch in dieser Höhe kann ich nicht lange schwimmen. Danach esse ich allein im Hotel-Restaurant. Es ist beinahe leer, denn unsere Gruppe ist noch nicht von dem Tagesausflug zurückgekehrt, und die Physiker mit dem hohen IQ sind irgendwo in der Stadt und nehmen sicher eine zweidimensionale Mahlzeit ein.

Ich denke an Scott, der mir gestern gesagt hat, dass es sein eigentlicher Wunsch ist, ein wunderschönes botanisches Buch zu veröffentlichen, mit guten, ausführlichen Texten und schönen, akkuraten Illustrationen. Er hofft, dass der Atlas, an dem er seit über zehn Jahren arbeitet – darin sollen sämtliche im Landesinneren von Französisch-Guayana vorkommenden vaskulären Pflanzen mit allen Formen, Farben und Aromen aufgeführt sein –, ein so wertvolles und schönes Buch wird, wie er es sich erträumt. Er gibt zu, dass es sein Ehrgeiz ist, ein schönes Botanikbuch zu verfassen, doch er kennt weder Rivalität noch Konkurrenzneid. Als ich das einem seiner Kollegen erzählte, war dieser erstaunt. Aber vielleicht kennt er nur Scotts äußere Erscheinung: den Verwaltungsmitarbeiter, den Leiter eines geschäftigen Instituts. Scott ist nach außen vielleicht ein harter Bursche, und das muss er auch sein, um in einer Zeit, da die botanische Feldforschung durch Genforschung und Laborarbeit verdrängt zu werden droht, die Finanzierung seines Instituts zu sichern – doch es muss noch einen anderen Scott geben, einen mehr nach innen gewandten, poetischeren, mehr dem

Ideal verpflichteten Scott. Und das ist der Scott, der von einem »schönen Buch« träumt.

....

Diese Farnexkursion erweist sich als weit mehr als eine bloße Exkursion. Es ist eine Reise in ein anderes, ein ganz anderes Land, eine ganz andere Kultur; und es ist (weil alles und jedes hier so sehr mit Vergangenheit durchtränkt ist) in einem tieferen Sinn auch eine Reise in eine andere Zeit. Die Verschmelzung der Kulturen springt einem überall ins Auge: in den Gesichtern, in der Sprache, in der Kunst und in der Gestaltung der Töpferwaren, in den vermischten, bunten Stilen der Architektur und der Kleider. Überall stößt man auf die komplexe Doppelheit des »Kolonialen«. Luis, unser Führer, ist zwar in vielerlei Hinsicht hispanisch, doch er hat auch die dunkle Haut, die kräftige Statur und die hohen Wangenknochen der Zapoteken. Einige seiner Vorfahren sind in der letzten Eiszeit über die Beringstraße gekommen; für diese Völker bedeutet nicht Jesus, sondern Cortés die Zeitenwende, die absolute Grenze zwischen der Zeit vor der Conquista, vor den Spaniern – und allem, was danach kam.

KAPITEL 6

Mittwoch

Ich bereue immer mehr, dass ich gestern nicht an dem Marathon-Ausflug in den Regenwald teilgenommen habe, denn alle erzählen mir von seinen Wundern. Einige davon werden heute Nachmittag bei einer Präsentation vorgestellt. Wie konnte ich das nur der Banalität eines möglichen Bandscheibenvorfalls opfern? Nach dem gestrigen langen, anstrengenden Tag ist heute Zeit für »eigene Unternehmungen«, und für mich, den Mineralien-Liebhaber, ist die reizvollste ein Ausflug zu der Mineralquelle von Hierve el Agua.

Diese zwei Stunden von Oaxaca-City entfernte Gegend ist recht trocken, und wir werden einige ungewöhnliche, verkümmerte Palmen sehen (sie stehen in kleinen Gruppen und wirken, wie mein *Oaxaca Handbook* in einem ungewöhnlichen Ausbruch von Metaphernfreude verrät, wie »Regimenter von Wüstenzwergen«). Auch weitere xerophytische, an die Trockenheit angepasste Farne werden wir finden, und diese faszinieren mich außerordentlich, denn ich habe Farne immer für zarte, empfindliche Pflanzen gehalten, die Feuchtigkeit und Schatten lieben, wogegen man hier auf Farne stößt, die sengende Hitze und lange Trockenperioden beinahe ebenso gut aushalten wie Kakteen oder Wolfsmilchgewächse. Außerdem, habe ich gehört, gibt es dort eine Vielzahl anderer Pflanzen – und Vögel –, und das animiert JD, mich zu begleiten.

JD wird ganz aufgeregt, als er seltene Exemplare findet, die er noch nie zuvor gesehen hat. Obgleich auch er im Botanischen Garten von New York arbeitet, ist er nicht in erster Linie an Farnen interessiert wie John und Robbin – sein Spezialgebiet sind die *Anacardiaceae*, Blütenpflanzen, die ein öliges Harz enthalten und die er in allen möglichen Ländern erforscht hat. Die bekannteste Spezies dieser Familie ist der Giftsumach (*Rhus toxicodendron*). Auch zahlreiche andere Pflanzen dieser Familie können toxische Reaktionen auslösen: der Cashewbaum, der Mangobaum, der Peruanische Pfefferbaum, der Japanische Wachs-Sumach, der Lacksumach (ich wusste nie genau, woraus Lack eigentlich besteht, und in Mexiko, erfuhr ich, machte man ihn aus einer Insektenart). Viele dieser Harze, sagt JD, finden Anwendung in Industrie oder Medizin, wie zum Beispiel das des Dhobi- oder Malakkanussbaums, aus dem man unlöschbare Wäschetinte herstellt. Und die Flüssigkeit in den Schalen von Cashewnüssen wird zur Bekämpfung von Moskitolarven und als antimikrobielles Mittel eingesetzt. »Eine wunderbare Familie!«, lautet JDs Schluss.

Doch jetzt wendet sich seine Aufmerksamkeit wieder der Pflanze zu, die er vor sich hat. »Das ist ungeheuer aufregend für mich: Ich hätte nie gedacht, dass ich einmal einen *Pseudosmodingium* in natura sehen würde.« Er beschreibt das Gift, das er enthält. »Es ist schrecklich. Nie analysiert worden. Man kriegt einen entsetzlichen Hautausschlag, aber auch innere Krankheiten, Geschwüre. Giftsumach ist nichts dagegen. Ich hätte meine Gummihandschuhe mitnehmen sollen.« Für ebensolche Eventualitäten hat er dicke Gummihandschuhe im Gepäck, und ausgerechnet heute hat er vergessen, sie einzustecken. »Wer hätte gedacht, dass wir hier etwas so Aufregendes finden?« Wenn es irgend möglich ist, wird er morgen mit einem Taxi noch einmal hierherkommen, ganz gleich, was es kostet – und dann wird er die Gummihandschuhe dabeihaben.

....

Das Quellwasser sickert durch einen ganzen Kalksteinberg, bevor es an seiner Flanke in einem riesigen Becken zutage tritt. Von hier fließt es eine Weile weiter, lagert dabei Kalk und andere Mineralien ab und stürzt schließlich über einen felsigen Halbkreis in die Tiefe. Bis dahin ist das Wasser durch Verdunstung und Absorption derart gesättigt mit Mineralien, dass es im Fallen kristallisiert und sich in Stein verwandelt – daher der Name »Versteinerter Wasserfall«. Er ist die erstaunliche Nachbildung eines Wasserfalls und besteht nicht aus Wasser, sondern aus Kalkspat, der gelblich weiß in riesigen gewellten Bahnen von der Klippe hängt. Weiter oben fließt das warme, mineralreiche Wasser durch Gumpen. Ich würde in diesem Wasser zu gern baden oder wenigstens ein wenig darin herumplanschen, doch ich will dieses unschuldige, unberührte Habitat nicht mit meinen fremden Keimen verschmutzen. John Mickel wirft einen kurzen Blick auf dieses außergewöhnliche Naturwunder, das (wie einer sagt) einzige seiner Art auf der ganzen Welt, und wendet sich dann den verschiedenen Farnspezies auf dem Gipfel des Berges zu. Er entdeckt einige neue xerophytische Farne (mir jedenfalls sind sie neu): eine sehr hübsche, silbrige *Argyrochosma* (ich verstehe »Argyrocosmos« und denke an ein silbernes Universum) und eine *Astrolepis integerrima.* Sie stehen, beide vertrocknet, doch keineswegs tot, nebeneinander auf dem blaugrauen Fels.

Ich bin gleichermaßen fasziniert von den Moosen und den winzigen, herzförmigen Lebermoosen, die sich an diese knochentrockenen Felsen klammern. Das hätte ich nicht für möglich gehalten, denn gemeinhin denkt man ja, für diese Pflanzen (vor allem für das Lebermoos) sei Feuchtigkeit unerlässlich. Sie waren unter den Ersten, die auf dem Land Fuß fassten, haben aber (so glaubt man) keinerlei Möglichkeit, Wasser zu speichern oder sich auf andere Weise vor dem Vertrocknen zu schützen, denn ihr Gewebe ist außerordentlich dünn und zart. Dennoch sind sie offenbar imstande, die Trockenzeit zu überdauern, und zwar, wie es scheint, ebenso gut wie die xerophytischen Farne. Die Frage – die ich John stellen muss – ist, ob Blütenpflanzen mit dieser Art Scheintod so gut zurechtkommen wie diese »primitiven Pflanzen«.

Auf dem Rückweg vom versteinerten Wasserfall schließe ich mich wieder JD an, der ganz aus dem Häuschen ist, weil er einen Mexikanischen Pistazienbaum (*Pis-*

tacia vera) gesehen hat, eine Spezies, die, wie er sagt, aus Zentralasien stammt. Auch sie gehört zu »seiner« Familie, den Anacardiazeen. »Das ist so aufregend«, murmelt er. »Bisher keine einzige *Anacardiaceae* – und heute gleich zwei!«

Während er diese Pflanzen bestimmt (und nicht nur diese, sondern auch viele andere, darunter eine wunderschöne blaue *Wigandia* aus der Familie der Wasserblattgewächse), sieht er ständig irgendwelche Vögel. Er besitzt eine außergewöhnliche Fertigkeit, sie zu entdecken und ihren Flug zu verfolgen – oft sind es winzige Kolibris, Hunderte Meter entfernt, wohingegen ich nichts erkennen kann, was kleiner ist als ein Bussard oder ein Geier.

Der Bus fährt zurück nach Oaxaca, ich sehe aus dem Fenster: Agavenfelder; alte Frauen mit schwarzen Tüchern, die durch die Agavenreihen gehen und nach den Pflanzen sehen; strohgedeckte Hütten, die aussehen wie Bienenstöcke. Die Dächer einiger größerer Hütten sind mit Maisstängeln verstärkt – zur besseren Isolierung, wie man mir sagt. Auf einem Maisfeld steht eine Satellitenschüssel – ein surreales Ding aus dem 21. Jahrhundert, gleich neben einem natürlich geformten Dach, wie es seit Jahrtausenden unverändert gebaut wird. Ich will ein Foto davon machen, doch wir fahren zu schnell, und so versuche ich, in meinem Notizbuch eine kleine Skizze davon festzuhalten.

....

Am Nachmittag sind wir wieder im Hotel und wollen einander unsere botanischen Funde vorführen. Das tun wir manchmal auch bei unseren samstäglichen AFG-Treffen in New York, doch hier sind die Schätze so zahlreich, dass es Stunden dauern wird, sie alle zu zeigen.

Einige der am Vortag gesammelten vertrockneten, scheinbar toten Farne haben über Nacht in Wasser gelegen: die *Astrolepis*, die *Notholaena*, eine *Cheilanthes* und natürlich der Auferstehungsfarn, und alle sind, nachdem sie sich vollgesaugt haben, wie durch ein Wunder grün geworden und haben ihre Wedel ausgebreitet wie chinesische Wasserpflanzen.

Robbin hat aus New York einige Segmente von Baumfarnstämmen mitgebracht, um auf etwas hinzuweisen. Wir haben solche Segmente auf dem Markt und anderswo gesehen; sie werden überall in Mexiko verkauft, als Behälter für Orchideen, und professionelle Orchideenzüchter in Mexiko und den USA verwenden sie zu Tausenden. Um diese Behälter zu bekommen, muss man die Pflanze natürlich zerstören, und das hat dazu geführt, dass der Baumfarnbestand in Mexiko gefährdet ist. Die Querschnitte der Segmente, die Robbin mitgebracht hat, sind sehr schön: Sechs oder sieben vaskuläre Stränge durchziehen den Stamm, und ihre schwarzen Scheiden stehen in dramatischem Kontrast zu dem Weiß der Innenhäute und der Rinde.

Unter der Ausbeute des Ausflugs zur östlichen Seite des Gebirgszugs, den ich mir gestern habe entgehen lassen, sind zahlreiche Schätze. Robbin hat mich am Abend

THE RESURRECTION FERN
SELAGINELLA LEPIDOPHYLLA · DRY FROND ABOVE
HYDRATED BELOW

zuvor in meinem Zimmer besucht – nach sechzehn Stunden unterwegs war er erschöpft, aber begeistert – und mir den riesigen, wunderschönen Wedel einer *Pteris podophylla* gezeigt, außerdem ein *Psilotum*, das auf einem Baumfarn gewachsen war: ein Farn auf dem anderen. Jetzt liegen diese und viele andere Funde sorgfältig ausgebreitet auf einem Tisch.

John Mickel zeigt uns den Wedel eines seltenen *Elaphoglossum* – anscheinend hat er sein Leben riskiert, um ihn zu bekommen, und ist weit auf einen Ast hinausgekrochen; der Ast brach unter seinem Gewicht, und um ein Haar wäre er hinuntergestürzt. Diese Enthusiasten riskieren für Farne bedenkenlos Leib und Leben und sind dabei erstaunlich agil. John ist Mitte sechzig, doch er springt über Bäche und klettert auf Felsen und Bäume, als wäre er ein Junge – dasselbe gilt für fast alle Teilnehmer dieser Exkursion, obgleich sie zum Teil zehn Jahre älter sind als er.

Ich sehe einige Natternfarnspezies, unter anderem eine, die noch nie beschrieben worden ist. Wenn ich doch nur dabei gewesen wäre! Die Entdeckung einer neuen Spezies ist ein Höhepunkt im Leben eines jeden Feldbotanikers, beinahe so bedeutend wie für einen Chemiker die Entdeckung eines neuen Elements. Vielleicht wird diese neue Spezies – sofern es sich nicht bloß um eine Variante handelt – nach Johns und Robbins Lehrer Herb Wagner benannt werden, einem langjährigen und sehr beliebten Mitglied der AFG, der Anfang des Monats gestorben ist. Oder vielleicht nach unserer geliebten Eth Williams.

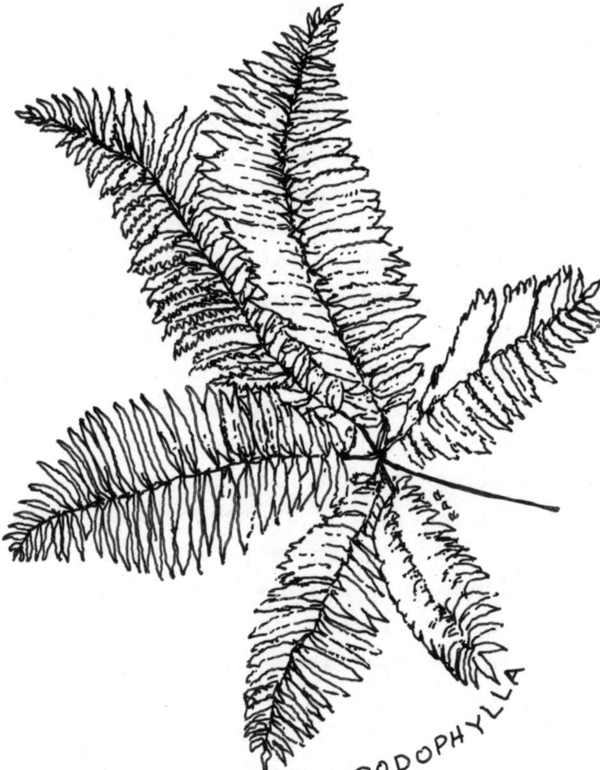

PTERIS PODOPHYLLA

Wie die anderen habe auch ich in letzter Zeit viel an Eth Williams gedacht, denn sie ist mit fünfundneunzig Jahren ein paar Tage vor unserer Abfahrt gestorben – ein schmerzlicher Verlust. Ohne sie werden die Treffen der Farngesellschaft nicht mehr so sein wie zuvor. Eth und ihr Mann Vic waren schon bei der ersten Versammlung der New Yorker Sektion dabei, und 1975 wurde sie zur Vorsitzenden gewählt. Zu jedem Treffen brachte sie Dutzende kleiner Farne mit, die sie im Gewächshaus aus Sporen gezogen hatte – schöne und manchmal recht seltene Farne, die sie zum symbolischen Preis von ein, zwei Dollar verkaufte oder versteigerte. Sie hatte mehr Glück mit Pflanzen als irgendjemand, den ich kenne. Sie säte die Sporen auf sterilisierten Torfpellets aus, legte sie in eine Feuchtigkeitskammer, bis sie sprossen, und pflanzte die winzigen Sporophyten dann in kleine Töpfe. Sie brachte sie zum Wachsen, wo alle anderen gescheitert waren, und versorgte nicht nur uns mit Farnen – in den vergangenen fünfundzwanzig Jahren stammten sämtliche aus Sporen gezogenen Farne der Sammlung des Botanischen Gartens von New York aus ihrer Zucht. Zunächst arbeitete sie allein, doch später wurde sie von fünf ergebenen Freiwilligen, dem »Spore Corps«, unterstützt.

In jüngeren Jahren war sie viel gewandert, und einen Stock benutzte sie erst mit neunzig. Sie hielt sich kerzengerade, war sehr aktiv und bewahrte sich bis zum Schluss ihre geistige Klarheit und einen trockenen, charmanten Humor. Sie kannte jeden von uns beim Namen, und ich habe den Verdacht, dass sie für uns alle eine Art ideale Tante oder Großtante war, der stille Mittelpunkt einer jeden Zusammenkunft. Eth und Vic hatten in den Fünfzigerjahren geheiratet und waren eifrige Feldbotaniker. Als 1991 eine neue Spezies der *Elaphoglossum* (die sie besonders gern mochte) entdeckt wurde, nannte John sie diesen beiden zu Ehren *Elaphoglossum williamsiorum.*

Eine andere Teilnehmerin zeigt einige Hautfarne, die sie im Regenwald gefunden hat. Unwillkürlich denke ich, dass Eth diese zarten Pflänzchen geliebt hätte. Diese Farne haben eine Wandstärke von nur einer Zelle und benötigen eine beinahe konstante Luftfeuchtigkeit von hundert Prozent, sodass sie nur in Regenwäldern gedeihen. (Ich habe sie auf Pohnpei und Guam gesehen.) Im Regenwald von Oaxaca findet man mindestens zehn Spezies dieses hübschen, durchscheinenden, unendlich zarten *Hymenophyllum.*

Eine ganze Auswahl von *Polypodium*, »vielfüßigen« Farnen, liegt auf dem Tisch – *martensii*, *plebeium*, *longepinnulatum* –, doch John sagt, dass man hier, wenn man sich ein bisschen anstrengt, mehr als fünfzig Spezies finden kann und nicht bloß die neunzehn, die jetzt auf unserer Liste stehen.

Dick Rauh zeigt uns die schönen Zeichnungen, die er angefertigt hat: Es sind dreißig oder mehr, jede nur ein paar Zentimeter groß, auf einer langen, gefalteten Papierbahn, die wie eine Ziehharmonika aussieht. Besonders faszinieren mich die Zeichnungen des Auferstehungsfarns und der dramatischen Szene, die ich gestern verpasst habe: John Mickel ausgestreckt auf einem hohen Ast, sein Leben riskierend für ein *Elaphoglossum.*

Scott und Carol stellen Früchte, Gemüse und andere Nahrungsmittel aus. Sie haben auch ein paar Castornüsse gefunden, die wie vollgesogene Zecken aussehen. Es sind die Samen des *Ricinus communis.* Die Castornuss stammt zwar aus Afrika, wird in Mexiko aber in großem Stil angebaut, denn das aus ihr gewonnene Öl findet vielfältige Verwendung: als Schmiermittel in Motoren (darunter auch Öle für Rennwagen, wie z.B. Castrol), als schnell trocknendes Öl in Lacken und Firnissen, als wasserfeste Beschichtung für Textilien, als Rohstoff für die Herstellung von Nylon, als Lampenöl und nicht zuletzt als mildes Purgativum (ich erinnere mich an meine Kindheit und den Löffel Rizinusöl, das ich manchmal schlucken musste). Doch im Gegensatz zu dem heilkräftigen Öl ist die Nuss selbst tödlich, denn sie enthält Rizin, das tausendmal giftiger ist als Kobragift oder Blausäure. Diese Information weckt Erinnerungen, und wir sprechen über den mysteriösen Tod von Georgi Markov, einem bulgarischen Dissidenten und Journalisten. Jemand stieß ihm an einer Londoner Bushaltestelle das zugespitzte Ende eines Schirms ins Bein. Markov starb nach drei qualvollen Tagen. Scotland Yard fand später heraus, dass der keineswegs versehentliche Stoß mit dem Schirm ein stecknadelgroßes, Rizin enthaltendes Kügelchen in sein Bein injiziert hatte.

Scott interessiert sich hauptsächlich für die Systematik der Pflanzen, und Carol ist in erster Linie Pflanzen-

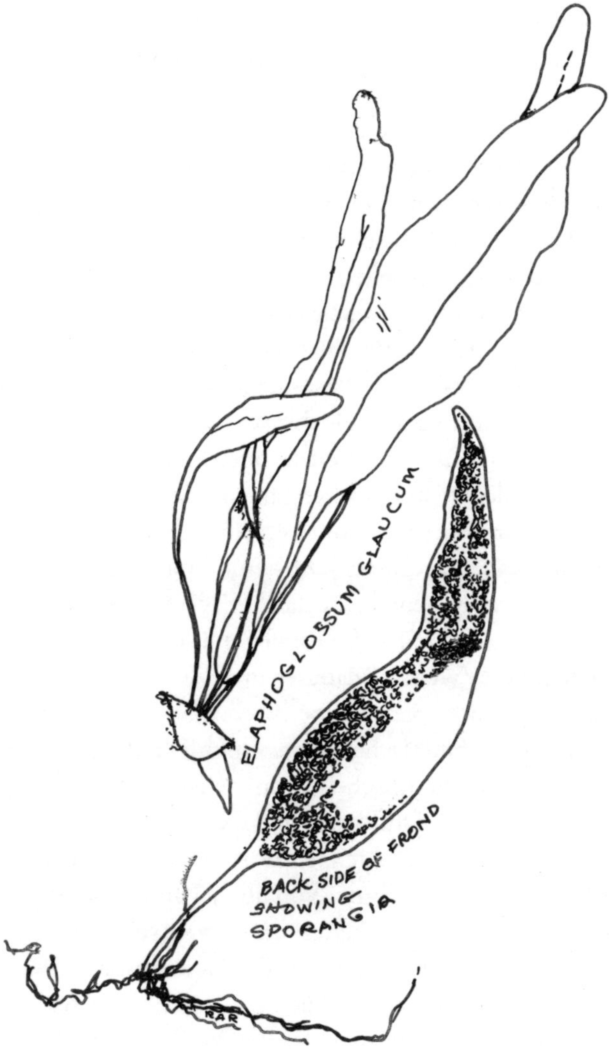
ELAPHOGLOSSUM GLAUCUM
BACK SIDE OF FROND
SHOWING
SPORANGIA
RAR

fotografin, doch beide wissen enorm viel über die Naturgeschichte und die wirtschaftliche Bedeutung von Pflanzen. Es ist schön zu sehen, wie ihre Begeisterung und ihre Interessen einander ergänzen. Diese Botanikerpaare, die sowohl Ehe- als auch Arbeitspartner sind, haben meine besondere Sympathie; ich finde sie sehr viel romantischer als Medizinerpaare (wie meine Eltern). Ich ertappe mich bei dem Gedanken, wie sie einander kennengelernt haben mögen und an welchem Punkt aus ihrer gemeinsamen Begeisterung für Pflanzen eine Begeisterung füreinander geworden ist. Besonders berührt bin ich von Barbara Joe und Takashi Hoshizaki, die beide wohl in den Siebzigern sind und auf fünfzig oder mehr Jahre zurückblicken, in denen ihr Eheleben und ihre botanischen Interessen untrennbar miteinander verbunden waren. Takashi ist Amerikaner japanischer Abstammung, in Kalifornien geboren, und er kann schreckliche Geschichten darüber erzählen, wie er und seine Familie und die meisten ihrer Nachbarn im Zweiten Weltkrieg in ein Internierungslager gesperrt wurden. Barbara Joe ist ebenfalls in Kalifornien geboren und chinesischer Abstammung. In ihrer Generation gab es solche Mischehen nur selten. Die beiden haben einander als Studenten in Los Angeles kennengelernt, und als sie heirateten, entwarf Takashi ein Haus für Barbara Joe und ihre Farne: Von überall im Haus kann sie die üppigen Farnlandschaften im Garten sehen, und für die zarteren Pflänzchen gibt es ein Gewächshaus. Beide interessieren sich hauptsächlich für Farne, doch Barbara Joe widmet sich besonders der Beschreibung und Klassifizierung von Farnen sowie ihren verwandtschaftlichen und taxonomischen Beziehungen. Sie ist die Vorsitzende der Amerikanischen Farngesellschaft und Verfasserin eines schönen enzyklopädischen Buches mit dem Titel *Fern Grower's Manual* (im Augenblick arbeitet sie mit Robbin an einer neuen Ausgabe). Takashis Spezialgebiet ist die Physiologie der Pflanzen, doch auch er hat noch andere, überraschende Interessen. Er hat viele Jahre für die Jet Propulsion Laboratories in Pasadena gearbeitet und ist ein Experte für die Mechanik von Flugkörpern. Wenn es um Modelle oder Simulationen geht, ist er ein Genie: Einmal hat er einen ferngesteuerten Kondor gebaut, und als er ihn in der Gegend von Los Angeles zu langen Flügen steigen ließ, gab es erregte Berichte über riesige Kondore. Die Hoshizakis drängen mich, sie in Los Angeles zu besuchen; dann werden sie mir den bezaubernden Farngarten zeigen, den sie rings um ihr Haus geschaffen haben.

Mir fällt jetzt auch auf – es hat etwas gedauert, bis ich es gemerkt habe –, dass zu unserer Gruppe auch zwei lesbische Paare und ein schwules Paar gehören, sehr stabile, langjährige, eheähnliche Beziehungen, gestützt und gefestigt durch die gemeinsame Liebe zur Botanik. All diese Paare – seien sie heterosexuell, lesbisch oder schwul – gehen ganz unbefangen und selbstverständlich miteinander um; alle potenziellen Unduldsamkeiten, Ablehnungen, Unterstellungen, Entfremdungen lösen sich ganz und gar in der gemeinsamen Begeisterung und dem Zusammengehörigkeitsgefühl der Gruppe auf.

Ich selbst bin vielleicht der einzige Alleinstehende, aber das – ein alleinstehender Mensch – bin ich ja schon immer gewesen. Hier spielt das jedoch überhaupt keine Rolle. Ich fühle mich dieser Gruppe sehr zugehörig, ich spüre eine gemeinsame Zuneigung – ich habe so etwas bisher nur sehr selten erlebt, und vielleicht ist dieses Gefühl zum Teil für jenes eigenartige »Symptom« verantwortlich, für diese schwierig zu diagnostizierende Empfindung, die ich seit etwa einem Tag habe und von der ich glaubte, sie sei auf die ungewohnte Höhe zurückzuführen. Es war, wird mir plötzlich bewusst, ein Gefühl der Freude, so ungewohnt, dass ich es zunächst nicht erkannt habe. Für diese Freude gibt es viele Gründe – die Pflanzen, die Ruinen, die Menschen in Oaxaca –, doch gewiss ist einer davon das schöne Gefühl, Teil dieser Gemeinschaft zu sein.

KAPITEL 7

Donnerstag

Während unserer Fahrt durch das Tal achte ich heute mehr auf die Vegetation: dicht gedrängt stehende Kandelaberkakteen und Feigenkakteen. Diese Kakteen sind ein fester Bestandteil der Kultur: Die Sprossen der Feigenkakteen werden in Scheiben geschnitten und gekocht (ich habe sie zu praktisch jeder Mahlzeit als Gemüse gegessen), und aus den erdbeerartigen Früchten bereitet man eine sehr süße, leckere Marmelade zu. Auf alten Piktogrammen sind immer wieder Kakteen zu sehen. So sitzt zum Beispiel ein Adler auf einem Feigenkaktus und frisst eine Schlange – für die Azteken ein Zeichen der Götter, dass sie (im Jahr 1325) den Ort erreicht hatten, an dem sie sich niederlassen sollten. Vor einigen Tagen haben wir eine solche Darstellung gesehen, ein riesiges Bild an einer Felswand unweit von Yagul. In vorhispanischen Zeiten, sagt Luis – es ist beinahe, als würde er sich erinnern, und manchmal scheint die gesamte Geschichte seines Volkes in ihm enthalten zu sein –, waren Schlangen heilige Symbole, Erdsymbole: Im Wechsel der Jahreszeiten wechselten sie ihre Haut. Doch nach der christlichen Tradition war die Schlange das Böse, die Verführerin. Nach der Ankunft der Spanier wurden die einst verehrten Schlangen mit Bedacht getötet.

Dann die stachligen Agaven und Yuccas. Viele Akazien. John Mickel ermahnt uns, sie mit Respekt zu behandeln, denn einige beherbergen symbiotische Ameisen, die jeden, der sich ihrem Bau nähert, entschlossen angreifen. Es gibt ein zartes, hohes Gras (*Arundo donax*) mit lanzenförmigen Blättern, an manchen Stellen ist es über zweieinhalb Meter hoch. Man deckt Dächer damit, webt daraus vielleicht auch Teppiche und Matten. Dann gibt es die gefährliche »mala mujer«, die Böse Frau aus der Familie der Wolfsmilchgewächse, eine schreckenerregende, mit giftigen Härchen bedeckte Pflanze. Mein Nachbar im Flugzeug hat mir davon erzählt, wie junge Burschen anderen mit der »mala mujer« Streiche gespielt haben, doch John warnt uns eindringlich vor jeder noch so flüchtigen Berührung.

Limonenbäume, Granatapfelbäume, dichte Reihen von Kandelaberkakteen. Die meisten Familien haben ein kleines Pachtgrundstück und ein paar Ziegen und Esel, Mais, Agaven und Feigenkakteen. Die meisten? Oder nur wenige? Ein Esel, sagt Luis, kostet hier im Vergleich mehr als ein Auto in den USA. Überall begegnet man der Armut.

Der Abfall auf den Straßen, der Müll in den Hügeln – das ist das moralische Erbe des Kolonialismus, sagt Luis. Es zeigt, dass die Menschen diese Straßen und Städte, dieses Land nicht mehr als ihr Eigentum betrachten. Der Staat, fährt er fort, ist aufgebläht, ineffektiv und korrupt.

Weil die Polizisten so schlecht bezahlt werden, sehen sie für fünfzig oder hundert Pesos darüber hinweg, dass man eine rote Ampel überfahren hat; immerhin ist das so viel, wie sie täglich verdienen, manchmal sogar mehr. Die Polizei, sagt er, steckt mit der Drogenmafia unter einer Decke, und die Polizisten sind ebenso gefürchtet wie die Verbrecher.

Wir kommen höher und höher – ein Bergtal voller Palmen, Agavenfelder.

Als wir durch das Tal fahren, sagt Luis, dass es in der Nähe von Mitla ein paar kleine Dörfer mit relativ reinblütigen Indios gibt. Heute sind nur noch drei Gruppen von reinblütigen Indios übrig: eine im Regenwald von Chiapas, eine im Nebelwald von Oaxaca und eine im Norden Mexikos. Zu diesen Dörfern führt keine Straße; sie liegen fernab von anderen Siedlungen und sind nur in ein, zwei Tagesmärschen durch die Berge zu erreichen. Die Vorfahren der Bewohner flohen zur Zeit der Conquista und überlebten nur, weil ihr Zufluchtsort so abgeschieden war. So behielten sie wenigstens ihre Würde und Autonomie; wären sie in Oaxaca geblieben, so hätte man sie versklavt.

Innerhalb von fünfzig Jahren nach der Eroberung, fährt Luis fort, wurde die Bevölkerung stark dezimiert. Die Menschen fielen Krankheiten zum Opfer, wurden willkürlich umgebracht, waren demoralisiert – ganze Dorfgemeinschaften begingen Selbstmord, weil sie den Tod der Sklaverei vorzogen. Die meisten Überlebenden vermischten sich mit den Spaniern, sodass heute fast alle

Mexikaner Mestizen sind. Dabei genossen diese aber nicht den Schutz der Kolonialregierung: Sie hatten keinerlei Rechte, und ihr Besitz konnte nicht vererbt werden, sondern fiel an den Staat zurück.

Das Leben unter spanischer Herrschaft war unerträglich, und eine Revolte, eine Revolution wurde unausweichlich. Sie begann am 16. September 1810; an diesem Datum feiert man den Unabhängigkeitstag. Die Revolution brach los, als ein Pfarrer die Glocke läutete, um die Dorfbewohner zusammenzurufen, und dabei rief: »Lang lebe die Jungfrau von Guadalupe! Nieder mit der schlechten Regierung! Tod den Spaniern!« Es dauerte noch elf Jahre, bis die Unabhängigkeit schließlich errungen war, doch dann folgten mehrere Jahrzehnte des Chaos, in denen Mexiko unter einer Reihe unfähiger Führer die Hälfte seines Territoriums – Texas, Kalifornien, Arizona und New Mexico – an die USA verlor.

Unter der milden Herrschaft von Benito Juárez erlebte das Land eine kurze Blütezeit, die allerdings nur fünf Jahre währte, von 1867 bis 1872. Wie sein Zeitgenosse Abraham Lincoln besaß Juárez moralische Größe – seine Maxime lautete: »Die Achtung der Rechte anderer bedeutet Frieden« –, und er kämpfte sowohl für die Demokratie als auch für die Unabhängigkeit von europäischer Herrschaft.

Einige Jahre nach Juárez' Tod kam Porfirio Díaz an die Macht, ein Despot, der Mexiko fünfunddreißig Jahre lang regierte. Díaz, erklärt Luis, war eine schillernde Gestalt: ein General, ein rücksichtsloser und paranoider Diktator, der jedoch Straßen, Brücken und Wohnungen bauen ließ und Industrie ansiedelte. Das Land gewann an Produktivität und reihte sich ein unter die Länder der modernen Welt, allerdings zu einem hohen menschlichen Preis: Die Arbeiter in den Fabriken und auf den Haziendas waren praktisch Sklaven; Profitgier und Korruption beherrschten das Land.

....

Als wir in das Dorf Mitla fahren, sehen wir einen Hund durch die Straßen laufen, an dessen Hinterbein eine Ziege festgebunden ist. Wie überall in Mexiko sind wir umgeben von Hunden. Einer hat ein gebrochenes Bein – ich frage mich, wie das passiert ist und wie er überleben wird. Kinder strecken die Hände aus und rufen: *»¡Peso, peso!«* Plötzlich muss der Bus scharf bremsen. Vor uns ist eine Prozession auf dem Weg zur Kirche. Mit einigen anderen steige ich aus und schließe mich an. Die Leute halten Votivkerzen, Blumen und Palmwedel in den Händen. Langsam bewegt sich die Menge – darunter auch kleine Kinder, Krüppel und Hunde – zur Kirche, die sie mit lautem Geläut begrüßt. Raketen werden gezündet, Hunde bellen erschrocken auf, auch ich zucke zusammen.

Luis, der gläubiger Katholik ist, murmelt etwas Abfälliges. »Brot und Spiele, um das Volk abzulenken«, sagt er. In seinen Augen besitzt die Kirche hierzulande weder Mut noch Macht. Sie bietet Brot und Spiele – Prozessionen –, um die Leute zu beruhigen, stützt durch ihre Tatenlosigkeit aber ein korruptes Regime. »Das sage ich«, schließt Luis, »obwohl ich Katholik bin. Ich glaube an meine Religion, aber unsere Kirche macht mich unglücklich und wütend.«

Nicht die Ruinen von Mitla fesseln zunächst unsere Aufmerksamkeit, sondern die davor aufgestapelten Stämme von Kandelaberkakteen. Man reißt sie aus der Erde, um Zaunpfosten daraus zu machen, und diese treiben dann oft neue Wurzeln und vermehren sich. (Das erinnert mich daran, dass die Stängel von Baumfarnen in Neuseeland als Zaunpfosten verwendet werden, und auch diese treiben neue Wedel und verwachsen zu einer dichten, lebendigen Hecke.) Wir halten eine Ad-hoc-Konferenz zum Thema »lebende Zäune« ab – die archäologischen Wunder von Mitla werden noch etwas warten müssen.

Nachdem wir das Bauen mit Pflanzen ausgiebig diskutiert haben, richten wir unsere Blicke auf die Kirche vor uns. Die Spanier haben sie auf den Fundamenten älterer Gebäude errichtet, deren Steine sie zum Bau benutzten. Als die Spanier kamen, herrschte in Mitla ein reges Leben. Die Eroberer rissen gern ganze Städte ab und erbauten als Symbole ihrer Herrschaft auf den Trümmern ihre Kirchen. Mitla blieb zum Teil verschont, doch auf dem alten Mitla wurde eine neue Stadt gebaut, und zwar mit den Steinen der alten Gebäude. Die nachfolgenden Generationen fuhren fort, ihre eigene Vergangenheit auszubeuten.

Doch während Yagul weitgehend zerstört wurde und nur der Grundriss sowie ein paar niedrige, halb verfallene Gebäude erhalten blieben, erheben sich hier in Mitla die

Überreste eines gewaltigen Palastes mit riesigen, meterhohen Stufen. Er besteht aus Dutzenden von miteinander verbundenen Räumen, und als Archäologen dieses Labyrinth zum ersten Mal erforschten, müssen sie geradezu überwältigt gewesen sein.

Die Wände des Palastes bestehen aus Adobe – zähem Lehm, vermischt mit Maisstängeln und Tierkot, alles gut fermentiert – und aus konischen Steinen, die in die Masse gedrückt wurden, um einen elastischen Unterbau zu schaffen. Die Steine können sich in ihrem Lehmbett unabhängig voneinander verschieben und so die Energie eines Erdbebens aufnehmen und ableiten. Ich bin fasziniert und zeichne ein Diagramm in mein Notizbuch. Schon vor Jahrtausenden hatten diese Menschen ein Verbundmaterial entdeckt, das für größere Stabilität sorgte und Erdstöße neutralisieren konnte. Da die Gruppe etwas so Bemerkenswertes nicht unkommentiert lassen kann, bricht sofort eine lebhafte Diskussion über in der Natur vorkommende Verbundmaterialien aus, über die auf einer mikroskopischen Ebene stattfindende Verbindung zwischen zwei verschiedenen Materialien, das eine vielleicht kristallin oder amorph, das andere faserig. Diese Verbindung ist dann härter, widerstandsfähiger und doch elastischer als eine der Komponenten, aus denen sie besteht. Die Natur setzt in allen möglichen Strukturen Verbundmaterialien ein: in Pferdehufen, Ohrschnecken, Knochen, den Zellwänden von Pflanzen. Bei armiertem Beton, neuen, synthetischen Keramikwerkstoffen oder verstärkten Kunststoffen machen wir uns dasselbe Prinzip zunutze, das die Zapoteken beim Bau ihrer Häuser anwendeten.

Der riesige Sturz über dem Palasttor wiegt mindestens fünfzehn Tonnen. Der Stein ist in der Nähe gebrochen worden, doch wie wurde er hierher transportiert? Es gab keine Haustiere, und das Rad wurde eigenartigerweise nur in Spielzeugen verwendet – vermutlich benutzte man Rollen, wie es die Ägypter beim Bau der Pyramiden taten. Aber wie konnten die Zapoteken diese Steine so exakt bearbeiten? Sie kannten kein Eisen, keine Bronze, keine Legierungen, nur reine Metalle wie Silber, Gold oder Kupfer, und diese sind allesamt zu weich für die Bearbeitung von Stein. Das mittelamerikanische Äquivalent zu Metall war das vulkanische Glas Obsidian. Man nimmt an, dass Operationen mit Messern aus Obsidian ausgeführt wurden. Solche Messer verwendeten die Azteken auch bei ihren grausigen Menschenopfern. Auf dem Rückweg zum Bus kaufe ich ein gefährlich aussehendes, scharfkantiges Stück Obsidian. Es ist schwarz, an der Schneide durchsichtig, und wie bei allen Gläsern sind die Absplitterungen muschelförmig.

Die Durchgänge von einem Raum zum anderen sind niedrig (und durch die Stahlträger, die man zur Sicherheit eingezogen hat, noch niedriger geworden). Doch die Decken und der obere Teil der Wände sind mit kunstvollen, komplexen geometrischen Mustern verziert. Ich zeichne einige davon in mein Notizbuch. Da gibt es Mosaiken und Verdickungen, die wie die visuellen, bei Migräneanfällen auftretenden »Fortifikationsmuster« wirken, sowie ineinander verschlungene fünf- und sechseckige Ornamente. Ich denke an maurische Arabesken und die Muster auf Navajo-Teppichen. Normalerweise bin ich einer der Schweigsameren in unserer Gruppe – wer bin ich, um in einer solchen Ansammlung von Fachwissen die Stimme zu erheben? –, doch jetzt spreche ich angesichts dieser geometrischen Muster von neurologischen Formkonstanten und den geometrischen Halluzinationen von Bienenstöcken, Spinnweben, Gitterwerken, Spiralen oder Trichtern, die bei Hunger, Reizentzug, Vergiftungen oder Migräneanfällen auftreten können. Wurden diese Halluzinationen durch Psilocybinpilze ausgelöst? Oder durch die Samen der Purpurwinden, die in Oaxaca weit verbreitet sind? Man ist erstaunt über meinen unvermittelten Redefluss, aber fasziniert von dem Gedanken, dass es universelle halluzinatorische Formkonstanten gibt – eine mögliche neurologische Grundlage für die geometrische Kunst, wie man sie in so vielen Kulturen findet.

Aber alles hat, wie immer, Grenzen, und nachdem wir zwanzig Minuten durch die Räume geschlendert sind und die Leistungen der präkolumbianischen Künstler und Architekten bewundert haben, brennen wir darauf, hinauszugehen und uns dem zu widmen, was uns wirklich am Herzen liegt: der Vegetation. Die Profis – Scott mit seiner Kamera und seinem Notizbuch und David Emory mit seinen bunten Hosenträgern und dem Vergrößerungsglas, seinem »dritten Auge« – haben den Palast ohnehin gar nicht erst betreten, sondern gleich begonnen zu botanisieren. Wieder weist mich Scott auf wilden Tabak hin, außerdem auf ein hier nicht heimisches, sondern aus Afrika eingeführtes Gras (*Tricholaena rosea*), ein paar Pflanzen aus der Familie der Gänsefußgewächse, einen zartgelben Stachelmohn – und eine riesige parasitische Wespe. Robbin zeigt mir eine kleine, sternförmige Blume aus der Familie der Zygophyllazeen, deren Frucht an eine Fußangel erinnert. Ein Stachel zeigt immer nach oben, sodass er sich in der Fußsohle eines Tieres, das darauf tritt, festsetzt; auf diese Weise werden die Samen weit verstreut. Ich bin entzückt, das englische Wort für »Fußangel« (*caltrops*) zu hören – es ist ein Wort, das ich besonders gern mag, zum Teil, weil es auch im Singular auf einem »s« endet, genau wie *Cacops* und *Eryops*, die Namen meiner amphibischen Lieblingsfossilien.

....

Wir kehren zum Bus zurück. Es ist Mittag und sehr heiß geworden, und als der Bus sich in Bewegung setzt, sehe ich im Schatten eines Baumes zwei Jungen mit Fahrrädern sich unterhalten. Ich greife zur Kamera – zu spät. Es wäre ein schönes Bild geworden.

Wir sind jetzt von Mitla nach Matatlan gefahren, einem Dorf, in dem in jedem zweiten Hinterhof Mescal gebrannt wird. Die Agave – *Maguey* – ist für die Mittelamerikaner, was die Palme für die Polynesier ist. Der Name Agave bedeutet »bewundernswert«. Ein Gesandter Karls V. pries sie 1519: »Gewisslich hat die Natur niemals eine Pflanze geschaffen, welche so bedeutsam ist, solche Verehrung genießt und alle Menschen so sehr in ihren Bann schlägt.« Dreihundert Jahre später beschrieb Humboldt sie ähnlich überschwänglich. Die Maguey liefert nämlich nicht nur Fasern für Seile und grobe Stoffe sowie Dornen, die als Nähnadeln Verwendung finden, sondern lässt sich auch zu einem süßen, wohlriechenden Brei verarbeiten, den man fermentieren lässt. Vor der Eroberung durch die Spanier war die Destillation in Mexiko unbekannt, und so gab es nur *Pulque*, ein fermentiertes Gebräu, das aus Agaven hergestellt wurde (und das nicht aufbewahrt werden konnte, sondern gleich nach der Fermentation getrunken werden musste). Als wir Mitla hinter uns lassen, fahren wir an Magueyfeldern vorbei. Einige sind auf wasserlosen Hängen angelegt, auf denen keine anderen Nutzpflanzen gedeihen würden.

Einige der Magueys haben lange Stängel mit grünlichen oder cremefarbenen Blüten. Manche tragen anstelle der Blüten kleine Zwiebeln, aus denen neue Pflanzen wachsen können. John erzählt uns, dass die zarten Keime zwei Jahre in Gewächshäusern gehalten werden und dann acht Jahre auf dem freien Feld wachsen müssen. Bei der Ernte werden alle Blätter entfernt, und der Stamm – die *Piña* – wird knapp über dem Boden abgeschnitten. Oft enthält er den Magueywurm, der als besondere Delikatesse in Mescal eingelegt wird.

Ich habe in den vergangenen Tagen viele neue Speisen probiert, und besonders lecker fand ich die Heuschrecken: knusprig, wohlschmeckend, nahrhaft und mit einem leichten Nussaroma. Gewöhnlich werden sie gewürzt und gebraten.[7]

Dennoch war ich nicht nur amüsiert, sondern auch empört, als ich vor einigen Jahren bei einer Reise ins brasilianische Pantanal erfuhr, dass die Capybaras – große, harmlose, pflanzenfressende Wasserschweine – beinahe ausgerottet worden wären, weil ein päpstlicher Erlass sie zu Fischen erklärte, die in der Fastenzeit gegessen werden durften. Das war eine himmelschreiende Heuchelei, die um ein Haar zum Verschwinden dieser sanften Tiere geführt hätte. (Robbin erzählt mir, dass Biber in Nordamerika aus denselben Gründen als »Fische« galten.)

Nachdem ich die Heuschrecken also mit Genuss gegessen habe, bin ich bereit, einen Magueywurm zu probieren. Auf dem Weg zur Schnapsbrennerei entdecken wir Körbe voller sich windender Würmer. Sie sehen aus wie die Klingonenwürmer, die in *Star Trek* gegessen werden.

Aber warum bei Heuschrecken und Würmern haltmachen? Ein Viertel der tierischen Biomasse der Erde besteht aus Ameisen. Sie sind eine Bedrohung (weil sie viel Methan produzieren und dies das Ozonloch wachsen lässt), aber auch eine gewaltige potenzielle Nahrungsquelle. Wenn man ihnen die Ameisensäure entziehen würde, könnte man den Hunger in der Welt wirksam bekämpfen. Ich habe gehört, dass in einem teuren Restaurant in Mexiko City Ameisenlarven als Delikatesse serviert werden.

(Es gibt jedoch ein Insekt, das man unter keinen Umständen essen sollte: das Glühwürmchen. Man sagt, dass drei Glühwürmchen eine tödliche Dosis darstellen. Sie enthalten eine Substanz, deren Wirkung der des Fingerhuts ähnelt, jedoch sehr viel stärker ist und nicht unterschätzt werden sollte.)

Allein in Matatlan gibt es mindestens zwanzig Mescaldestillerien, und die meisten stehen in irgendwelchen Hinterhöfen. Über dem ganzen Dorf liegt der schwere Geruch von fermentierender Maguey – man könnte schon vom Atmen betrunken werden. Wir besuchen einen Schnapsbrenner, dessen Haus an der Hauptstraße steht und mit einer bunten Markise geschmückt ist. Die Magueystämme – die Piñas – liegen, mit Sackleinen und Erde zugedeckt, in einer Grube. Man entzündet ein Feuer und kocht sie drei Tage lang. Dadurch wird die Stärke in Zucker umgewandelt, und danach schmecken die Piñas köstlich und werden, besonders von den Kindern, wie Zuckerrohr gegessen. Die gekochten Stämme werden auf einer Steinfläche mit einem runden Mühlstein gemahlen, der von einem Esel angetrieben wird. Anschließend gärt der Brei in großen Fässern, wirft Kohlendioxidblasen und bildet Alkohol. Dann wird die blasige Masse drei Stunden lang in großen Kupferkesseln gekocht, das Destillat wird aufgefangen. Der Brenner, bei dem wir sind, stellt »reinen Mescal« (der beinahe fünfzig Prozent Alkohol enthält) und *Pechuga* her, einen Mescal, der mit roher Hühnerbrust aromatisiert ist. Dieser Mescal schmeckt feiner und ist sehr begehrt, doch mich stört der Gedanke an rohes Hühnerfleisch. Das erscheint mir wie eine unzulässige Vermischung von Kategorien, ebenso abwegig wie Gin mit Fischgeschmack. Es gibt noch andere Mescalsorten, die eher wie Likör schmecken und mit Pflaumen, Ananas, Birnen oder Mangos aromatisiert sind. Man lässt uns ausgiebig probieren – und angesichts unserer leeren Mägen tritt die Wirkung rasch und heftig ein. Alle werden von einer seltsamen Heiterkeit ergriffen: Wir lächeln einander zu und lachen beim geringsten Anlass. In der Mittagshitze verbringen wir zwei Stunden damit, zu trinken und billigen Plunder zu kaufen. Es ist das erste Mal, dass ich unsere eigentlich recht nüchterne und intellektuell anspruchsvolle Gruppe entspannt, kichernd und albern erlebe.

Erhitzt vom Alkohol, beschwipst und hungrig fahren wir weiter nach Escondida, einem berühmten Restaurant, wo ein gewaltiges Büfett aus mehr als hundert Gerichten auf uns wartet. Manche davon sehen faszinierend und surreal aus, aber bei kaum einem ist zu erkennen, woraus es besteht. Ich habe beinahe das Gefühl, auf einem anderen Planeten gelandet zu sein. Sollte ich mich auf ein Gericht konzentrieren? Sollte ich ein halbes Dutzend probieren? Oder alle? Ich beschließe, keines auszulassen, doch nach etwa zwanzig Kostproben wird mir bewusst, dass ich das nicht schaffen werde. Man müsste ein Jahr lang einmal pro Woche hierherkommen und jedes Mal etwas anderes essen. Ich weiß, dass Oaxaca über die vielfältigste Flora Mexikos verfügt, doch nun erkenne ich, dass dieser Bundesstaat auch die vielseitigste Küche hat. Ich glaube, ich bin dabei, mich in diese Gegend zu verlieben.

Gefüllt, gesättigt und halb betrunken, habe ich das starke Bedürfnis, ein wenig zu ruhen. Vor dem Restaurant ist ein Mann am Steuer seines Wagens eingeschlafen – ein Arzt, wie die Plakette an der Windschutzscheibe verrät. Er erscheint mir besorgniserregend still und bleich. Macht er nur ein kleines Nickerchen oder ist er im Koma oder gar tot? Sollte ich hingehen und ihm auf die Schulter klopfen? Vielleicht würde er nicht aufwachen, sondern leblos zur Seite sinken. Aber vielleicht wäre er auch wütend, geweckt worden zu sein. Und was würde ich dann sagen? »Ich wollte mich nur überzeugen, dass Sie nicht tot sind« – mit einem nervösen, entschuldigenden Lachen, haha. Ich kann kein Spanisch, und darum tue ich nichts, doch als der Bus wenig später weiterfährt, betrachte ich den Mann mit einem letzten, langen Blick: Er hat sich nicht bewegt und sitzt noch immer zusammengesunken am Steuer seines glühend heißen Wagens.

....

Das ganze Dorf Matatlan hat sich der Destillation von Mescal verschrieben. Diese Spezialisierung ist hier sehr verbreitet: Das Mosaik aus spezialisierten Dörfern, diese ganze Art der ökonomischen Organisation stammt noch aus präkolumbianischen Zeiten. In Arrazola ist jeder Holzschnitzer, in Teotitlan del Valle ist jeder Weber, und in San Bartolo Coyotepec, wo wir uns jetzt befinden, stellt jeder die schwarzen Töpferwaren her, für die Oaxaca zu Recht so berühmt ist. Wir sehen zu, wie ein junger Mann ohne Töpferscheibe einen Krug formt – auch dies eine präkolumbianische Technik. Er setzt den Henkel an und drückt dann, mit einer geschickten und zugleich beiläufigen Bewegung, einen Ausgießer in den Rand. Der Ton braucht drei Wochen, um zu trocknen, und wird nicht glasiert, sondern nur mit etwas poliert, das wie ein Quarz aussieht. Anschließend werden die Töpfe und Krüge bei etwa 420 Grad gebrannt, in einem geschlossenen Ofen, was die Sauerstoffzufuhr reduziert. Dadurch werden die im Ton enthaltenen Metalloxide in Metall umgewandelt, und der fertige Topf bekommt einen schimmernden Glanz. Die Erde in dieser Region enthält besonders viel Eisen und Uran. Wenn ich wieder zu Hause bin, werde ich feststellen, ob diese Töpfe magnetisch sind, und mit einem Geigerzähler die Radioaktivität messen.

....

In Teotitlan del Valle besuchen wir das Haus von Don Isaac Vásquez, einem Meisterweber, dessen Teppiche, Decken und Naturfarben über die Grenzen Mexikos hinaus Berühmtheit erlangt haben. Er lebt und arbeitet im Kreis seiner Großfamilie. Diese Familienform ist bei den hiesigen Handwerkern üblich – es gibt beinahe so etwas wie eine erbliche Zugehörigkeit zur Handwerkerklasse. Die Kinder erlernen von klein auf die Kunst des Webens und Färbens. Sie sind davon umgeben und nehmen sie, sei es bewusst oder unbewusst, in jeder Minute ihres Lebens auf. Ihre Fertigkeiten und Identitäten werden von Anfang an ausgebildet, und zwar nicht nur durch die Familie, sondern auch durch das ganze Dorf, durch die örtliche Tradition, in der diese Kinder aufwachsen.

Ich sehe Don Isaac arbeiten, ich sehe seine alte Mutter, die Wolle kämmt, seine Frau, seine Brüder und Schwestern, Cousinen und Cousins, Nichten und Neffen, ich sehe das halbe Dutzend Kinder im Hof, wie sie arbeiten, völlig versunken, in Anspruch genommen von verschiedenen Aspekten des Familiengeschäftes – und bin wehmütig und ein wenig beunruhigt. Sie alle wissen, wer sie sind, sie haben ihre Identität, ihren Platz, ihr Schicksal in dieser Welt, sie sind die Vásquez, die älteste und angesehenste Weberfamilie in Teotitlan del Valle, die lebendige Verkörperung einer uralten, ehrwürdigen Tradition. Ihr Leben ist von Geburt an vorbestimmt, ja geradezu programmiert, und jeder von ihnen wird ein nützliches, kreatives Leben haben und ein integraler Bestandteil dieser Kultur sein. Sie gehören hierhin. Praktisch jeder in Teotitlan besitzt ein profundes, detailliertes Wissen über das Weben und das Färben und alles, was dazugehört: das Kämmen der Wolle, das Spinnen des Garns, die Aufzucht der Käfer auf ihren Lieblingskakteen, die Auswahl der richtigen Indigopflanze. Ein umfassendes Wissen ist in diesen Menschen, den Familien dieses Dorfes verankert. Man braucht keine »Experten« herbeizurufen, denn es gibt draußen in der Welt kein Wissen, das hier im Dorf nicht schon vorhanden wäre. Jeder Aspekt der erforderlichen Kenntnisse ist hier zu finden.

Wie sehr unterscheidet sich dies von unserer eigenen, »entwickelteren« Kultur, wo niemand weiß, wie man einen Gebrauchsgegenstand herstellt. Ein Stift, ein Bleistift – wie wird so etwas gemacht? Könnten wir einen Stift herstellen, wenn wir müssten? Ich fürchte um dieses Dorf und viele andere, die tausend Jahre und länger überlebt haben. Werden sie in unserer überspezialisierten, am Massenmarkt orientierten Welt untergehen?

Dieses Handwerkerdorf und sein angestammter, fester Platz in der Kultur der Region haben etwas so Eigenes und Verlässliches – solche Dörfer verändern sich im Lauf der Zeit nur wenig. Eine Generation folgt auf die andere, und so vergehen Jahrhunderte ohne Entwicklung oder tief greifende Verwerfungen. Eine nostalgische Sehnsucht nach dieser Zeitlosigkeit, diesem mittelalterlichen Leben ergreift mich.

Und doch: Wenn nun eines der Kinder der Familie Vásquez herausragende mathematische Fähigkeiten zeigte? Oder den Impuls hätte zu schreiben, zu malen, Musik zu komponieren? Oder einfach den Drang verspürte, hinaus in die Welt zu gehen und etwas ganz anderes zu tun als seine Vorväter? Was dann? Welche Konflikte würden entstehen, welche Art von Druck würde ausgeübt werden?

Wir sehen, wie die Wolle gekämmt und von den Webern auf ihren großen hölzernen Webstühlen gewebt wird, doch unser Interesse – jedenfalls meines – gilt mehr den Farben. Es werden ausschließlich jene Naturfarben verwendet, die schon Jahrtausende vor der spanischen Eroberung in Gebrauch waren. Die meisten davon sind pflanzliche Farben, und jeden Tag wird eine andere hergestellt. Heute ist ein »roter Tag«, ein Koschenilletag.

Als die Spanier zum ersten Mal die Koschenillefarbe sahen, waren sie verblüfft: In der Alten Welt gab es kein Rot von solcher Tiefe und Leuchtkraft, keine Farbe, die so farbecht, so lichtfest, so dauerhaft war. Neben Gold und Silber war die Koschenillefarbe einer der großen Schätze von Neuspanien, kostbarer sogar als Gold. Don Isaac erzählt uns, dass man siebzigtausend Koschenilleschildläuse braucht, um ein Pfund Farbpulver herzustellen. Diese Schildläuse (es werden ausschließlich weibliche Tiere verwendet) findet man nur auf bestimmten Kakteen in Mexiko und Mittelamerika – daher war das Koschenillerot in Europa unbekannt. Auf Don Isaacs Land werden diese Insekten gewissenhaft auf Kaktusfeigen ausgebracht. Dort spinnen sie harte, weiße, wachsartige Kokons, die an Schuppen erinnern und mit einem Messer (manchmal auch mit den Fingernägeln) geöffnet werden können. Die darin befindlichen Larven werden entwachst und anschließend zerrieben. Einige von Don Isaacs Kindern sind gerade dabei, sie mit walzenförmigen Reibsteinen zu einem immer feineren Pulver zu mahlen, das einen tiefen karmin- oder magentaroten Ton annimmt.

Dieses Pulver, erfahre ich, besteht zu etwa zehn Prozent aus Karminsäure. Ich frage mich, wie wohl die chemische Formel dafür aussieht und wie leicht die Produktion synthetischer Karminsäure sein mag. (Nach der Reise forschte ich nach und stellte fest, dass die Herstellung synthetischer Karminsäure tatsächlich recht unkompliziert ist. Allerdings würde das Tausende Mexikaner arbeitslos machen und ein traditionelles, seit undenklichen

Zeiten in der mexikanischen Kultur verankertes Handwerk auslöschen.)

Das satte Magenta- oder Karminrot war jedoch noch nicht jene leuchtende Farbe, von der die Spanier so fasziniert waren, das unerschrockene Scharlachrot, das die Herzen ihrer Feinde mit Furcht erfüllen würde und mit dem später die Jacken der englischen Soldaten gefärbt wurden. Ein solch leuchtendes Rot erhält man nur, wenn das Koschenillerot gesäuert wird – das geschieht hier, indem man dem Pulver Zitronensaft hinzufügt. Der unvermittelte Farbwechsel ist erstaunlich. Ich tupfe mit dem Finger etwas von der nun leuchtend roten Koschenillemasse auf und würde ihn am liebsten ablecken. Das sei ungefährlich, sagt Don Isaac; die Farbe findet in Getränken, Lippenstiften und den besten roten Tinten Verwendung. Rote Tinte – Koschenilletinte! Mir fällt ein, dass wir Koschenille vor fünfzig Jahren als Färbemittel im Biologieunterricht benutzt haben – es war zwar teilweise durch synthetisches Scharlachrot ersetzt worden, doch in den Vierzigerjahren gab es noch keine synthetische Farbe von solcher Leuchtkraft.[8]

Das gemahlene Pulver – es ist beinahe ein Pfund, und ich wage nicht, an den Preis zu denken, an die gewaltige Mühe, die es kostet, siebzigtausend Insekten heranzuziehen, sie in Handarbeit von den Kakteen zu sammeln, ihr Fett auszulassen, sie zu trocknen und zu feinem Pulver zu mahlen – wird in ein großes Gefäß mit Wasser gefüllt, das über einem Holzfeuer im Hof zum Kochen gebracht wird. Dann wird so lange gerührt, bis das Wasser blutrot ist, und schließlich gibt man die Wolle in dicken Strängen hinein. Es dauert zwei bis drei Stunden, bis sie die Farbe ganz angenommen hat. Beim Anblick der herrlichen Rottöne rings um mich her erfassen mich Sehnsucht und Begehrlichkeit. Ob es wohl möglich wäre, frage ich, mein T-Shirt rot zu färben? Ich gebe ihnen mein graues T-Shirt mit dem aufgedruckten Logo des Botanischen Gartens New York, und schon nach wenigen Minuten ist es zartrosa. Ich frage, wie tief der Farbton werden wird, und erfahre, dass Baumwolle die Farbe nicht so gut annimmt wie Wolle. Doch bald, denke ich aufgeregt, werde ich das einzige koschenillerote T-Shirt der Welt haben!

Ich mache einen blutroten Fleck in mein Notizbuch. Er sieht aus wie Chemikalienflecken, die ich in meiner Schulzeit absichtlich oder versehentlich in die Chemiebücher gekleckst habe.

KAPITEL 8

Freitag

Der gestrige Tag endete magisch: mit einer spektakulären totalen Mondfinsternis. Ein Teil der Gruppe ging den steilen Pfad neben dem Hotel zu der Sternwarte auf dem Gipfel des Hügels hinauf (ein wegen des Streulichts der Stadt nicht mehr idealer Standort, wie mir scheint). Wir setzten uns auf Steine und auf den Boden; einige hatten sich mit Mescalflaschen, Ferngläsern und Feldstechern ausgerüstet (ich hatte mein Fernrohr mitgenommen). Wir betrachteten den Vollmond über uns. Die Nacht war wolkenlos, die Sicht ausgezeichnet. Robbin schenkte Mescal aus, und gewärmt vom Schnaps, den Blick zum Himmel gerichtet, heulten wir den Mond an und fragten uns, wie sich Wölfe und andere Tiere wohl fühlen mögen, wenn ihnen der Mond – ihr Mond – gestohlen wird. Wir spekulierten auch darüber, wie die Azteken und Zapoteken solche Phänomene wohl erlebt und interpretiert haben und ob die Macht der Priester und die Verehrung, die sie genossen, teilweise auf ihre Fähigkeit zurückzuführen waren, diese Ereignisse vorauszusagen.

Später, als der Mond etwa zur Hälfte verschwunden war, entfernte ich mich von der Gruppe und fand einen anderen Platz, denn ich wollte die vollständige Verfinsterung des Mondes allein sehen – jenen seltsamen Augenblick (der eigentlich etwa fünf Minuten dauert), wenn nur noch ein ganz schmaler Lichtrand zu sehen ist, der den Rest des Mondes zu durchleuchten scheint, sodass er wie eine trübe beleuchtete Glaskugel aussieht, wie ein gewaltiger durchscheinender Ball aus Glas mit Rissen, die sonst nie zu sehen sind – und das alles ist in den Widerschein der eigenartigen rötlichen Penumbra getaucht, die bei vollständigen Verfinsterungen stets in solcher Intensität zu beobachten ist.

....

Heute werden wir die großartigen Ruinen von Monte Albán besichtigen, und zur Vorbereitung habe ich die entsprechenden Passagen in meinem Reiseführer gelesen. Monte Albán wurde zur Zeit der Olmeken gegründet, etwa 600 v. Chr., also ungefähr zur selben Zeit wie Rom. Die Stadt entwickelte sich rasch zum Mittelpunkt der zapotekischen Kultur, zum politischen und wirtschaftlichen Zentrum der Region: Sie lag auf einem einzigartigen Bergplateau, und ihre Macht erstreckte sich zweihundert Kilometer weit in alle Richtungen. Die Planierung der Bergspitze, deren Ergebnis dieses Plateau war, stellt eine erstaunliche technische Leistung dar, ganz zu schweigen davon, dass eine Kanalisation angelegt und die Versorgung der vermutlich mehr als vierzigtausend Einwohner mit Nahrungsmitteln und Wasser gesichert werden musste. In dieser Stadt lebten Sklaven und Handwerker, Händler und Straßenverkäufer, Krieger und Athleten, Baumeister und Priester, die zugleich Astronomen waren. In Monte Albán kreuzten sich Handelswege, die durch ganz Mittelamerika führten, es war ein bedeutender Markt für Obsidian, Jade, Quetzalfedern, Jaguarfelle und Muscheln von der Atlantik- und Pazifikküste. Die Stadt befand sich, wie es scheint, noch immer auf dem Höhepunkt ihrer Macht und ihres Einflusses, als sie um das Jahr 800, rund fünfzehnhundert Jahre nach ihrer Gründung, recht unvermittelt und aus bisher ungeklärten Gründen aufgegeben wurde. Obgleich viel älter als Mitla oder Yagul, war Monte Albán den Zapoteken heilig, und offenbar gelang es ihnen, den Konquistadoren seine Existenz zu verheimlichen, denn viele Gebäude sehen heute kaum anders aus als zu der Zeit, da sie errichtet worden sind.

In der Umgebung von Monte Albán sind die Berge mit kleinen, pyramidenförmigen Hügeln – Grabmäler und terrassierte Flächen – übersät. Dieses alte Land ist mit menschlicher Geschichte durchtränkt, einer Geschichte, die viel weiter zurückreicht als die von Oaxaca City, das erst vor sieben Jahrhunderten gegründet wurde. Mein erster Eindruck von Monte Albán ist überwältigend, und das kommt überraschend. Die Stadt selbst ist riesig und weiträumig, was durch die gespenstische Leere der Straßen und Gebäude noch unterstrichen wird. Von dem Hochplateau hat man einen Blick auf Oaxaca, auf den Flickenteppich, der sich unten im Tal ausbreitet. Die Ruinen hier sind ebenso monumental wie die in Rom oder Athen – Tempel, Marktplätze, Innenhöfe, Paläste –, doch sie liegen hoch auf einem Berg, unter einem leuchtend blauen mittelamerikanischen Himmel, und sind ihrem Wesen nach vollkommen anders. Die Stadt ist noch immer von einem göttlichen Geist erfüllt, denn in alten Zeiten war sie, wie Jerusalem, die Stadt der Götter – jetzt ist sie aufgegeben, verlassen. Mit den Menschen sind auch die Götter geflohen, aber man spürt, dass sie einst hier waren.

Luis ist in einer Art Trance, die seiner Stimme etwas Hypnotisches verleiht, als er von Monte Albán erzählt und darauf hinweist, dass in den riesigen Plattformen und Höfen der Stadt die Konturen der Hügel und Täler nachempfunden sind. Die ganze Stadt ist ein Modell ihrer natürlichen Umgebung. Sie ist nicht nur in sich harmonisch, sondern auch im Einklang mit dem Land und seinen Formen.

Eines der Gebäude verblüfft mich, denn es steht in einem schiefen Winkel zu allen anderen und scheint gegen die allgemeine Symmetrie aufzubegehren. Es hat einen eigenartigen, fünfeckigen Grundriss, der mich an ein Schiff, ein gewaltiges Raumschiff denken lässt, das hier, auf dieser rollfeldartigen Fläche auf dem Monte Albán gestrandet ist – oder vielleicht im Begriff ist, zu einer Reise zu den Sternen abzuheben. Seine offizielle Bezeichnung ist Gebäude J, doch sein informeller Name ist »das Observatorium«, denn seine Ausrichtung scheint die bestmögliche Beobachtung der Transite der Venus und ihrer gelegentlichen Konjunktionen mit anderen Planeten zu gestatten.

Die Priester-Astronomen von Monte Albán, erzählt

Luis, schufen einen komplizierten doppelten Kalender, der bald in ganz Mittelamerika gebräuchlich war. Es gab einen säkularen, profanen Kalender, der 365 Tage umfasste (die Azteken berechneten später die Länge des Sonnenjahres auf 365,2420 Tage), sowie einen heiligen Kalender mit 260 Tagen, von denen jeder eine einzigartige symbolische Bedeutung hatte. Die beiden Kalender kamen nach 18.980 Tagen, also alle 52 Jahre, zur Deckung. Dieser Punkt markierte das Ende einer Ära, und das war dann jedes Mal eine Zeit des Schreckens und der Niedergeschlagenheit, denn man fürchtete, die Sonne könne verschwinden und nicht mehr erscheinen. In der letzten Nacht dieses Zyklus gab es zahlreiche Versuche, das befürchtete Weltenende durch religiöse Zeremonien, Buße und (später, bei den Azteken) Menschenopfer abzuwenden, und man beobachtete gespannt den Himmel, um zu sehen, welchen Weg die Sterne, die Götter einschlagen würden.

Anthony F. Aveni, ein Experte für mittelamerikanische Astronomie und Archäoastronomie, schreibt, dass die Azteken

> ... den Himmel als Bewahrer des Lebens betrachteten. Mit dem Blut der Menschenopfer wollte man den Göttern dafür danken, dass sie den nötigen Regen schickten, die Erde daran hinderten zu beben und die Krieger in der Schlacht anspornten. Zu den Göttern gehörte der Schwarze Tezcatlipoca, der mit seinem Rad (dem Großen Wagen) von seiner Heimstatt

im Norden die Nacht regierte. Er herrschte über das kosmische Spielfeld (das Sternbild Zwillinge), wo die Götter mithilfe eines Ballspiels das Schicksal der Menschheit bestimmten. Er entzündete die Feuerhölzer (Orions Gürtel), die die Häuser der Menschen mit Wärme erfüllten. Und am Ende des zweiundfünfzigjährigen Zyklus ließ der Schwarze Tezcatlipoca den Klapperschlangenschwanz (die Plejaden) um Mitternacht über den Himmel ziehen – dies war das Versprechen, dass die Welt nicht untergehen würde und die Götter den Menschen eine weitere Epoche gewährten.

....

In ihrer Tempelsternwarte in Tenochtitlan taten die aztekischen Priester dasselbe, was die zapotekischen Priester-Astronomen tausend Jahre zuvor in Monte Albán getan hatten.

Die Azteken waren abergläubischer und mehr von einer Art kosmischem Fatalismus beseelt als die Zapoteken. Einem der wenigen erhaltenen aztekischen Kodizes kann man entnehmen, dass die Azteken eine partielle Sonnenfinsternis am Nachmittag des 8. August 1496 beobachteten, und dies – sowie vielleicht das Erscheinen gewisser Kometen und ungünstiger oder in ihren Auswirkungen schwer einschätzbarer Planetenkonjunktionen – erfüllte sie mit großer Furcht. Diese apokalyptischen Ängste haben, vermutet Luis, zu ihrem geradezu fatalistischen Untergang beim Erscheinen von Cortés und seiner kleinen Truppe ebenso viel beigetragen wie der politische Streit innerhalb der Führungsschicht und die Unfähigkeit der Azteken, sich gegen die mit stählernen Rüstungen und Feuerwaffen versehenen Spanier zur Wehr zu setzen.

All dies geht mir durch den Kopf, während ich das Observatorium betrachte. Ich denke über die eigenartige gegenseitige Durchdringung von Aberglauben und Wissenschaft nach, über die Mischung aus unerhörter geistiger Kultiviertheit und naivem animistischem Glauben. Wie viel davon steckt auch in uns? Das gesamte Leben der Mittelamerikaner muss ebenso sehr vom Glauben an übernatürliche wie natürliche Kräfte durchdrungen und bestimmt gewesen sein: von den großen Göttern, die den Himmel und die Unterwelt regierten, bis hin zu den örtlichen Göttern, die über Mais, Erdbeben und Krieg herrschten.

Während ich durch Monte Albán schlendere, muss ich fortwährend an das alte Ägypten denken: Ich sehe die Tempel, die erhöhten Plattformen, die mächtigen Fundamente der Pyramiden, die ganze großartige, nach außen orientierte Architektur der Weiträumigkeit. Luis spricht davon, dass hier nicht nur eine Ästhetik, sondern auch ein Gefühl für das Heilige umgesetzt worden ist – eine Religion der natürlichen Kräfte und Formen, die den öffentlichen Räumen der Stadt ebenso wie ihren Strukturen Gestalt gegeben hat. Es scheint eine sanfte, ehrfürchtige, offene Religion gewesen zu sein (wenn auch durch komplizierte Synchronizitäten an die Planeten, die Sterne, den gesamten Kosmos gebunden) – eine Religion, die nichts zu tun hatte mit der Gewalt, den Menschenopfern, der Grausamkeit der Azteken. Das jedenfalls behauptet Luis.

Wie im alten Ägypten gab es auch in Monte Albán eine Verehrung der Ahnen. Am Rand der Stadt sind große Grabmäler und Mausoleen; es ist ebenso sehr eine Totenstadt, eine Nekropole, wie eine Metropole. Es gibt auch bescheidenere Grabstätten: die schmalen Gräber von Eltern und Großeltern, die in ihren Häusern beigesetzt wurden, damit ihre Seelen bei den Nachkommen sein konnten. Ein solches Grab ist unter einer Glasabdeckung im Museum von Monte Albán zu sehen: Dort liegt eine fünfundsiebzigjährige Frau, verschrumpelt, mit löchrigen Zähnen, Osteoporose und arthritischen Knien, die auf ein Leben voll harter Arbeit schließen lassen – vielleicht hat sie täglich gekniet und Mais gemahlen. Dass ihr Leichnam öffentlich ausgestellt ist, erscheint mir unwürdig – und doch verleiht dies dem Ort eine menschliche Aura. Wie mag das Leben dieser Frau, ihre innere Realität, ausgesehen haben?

....

Wenn man die Augen schließt, kann man sich gut vorstellen, wie der riesige Platz in der Mitte von Monte Albán – er ist groß genug für eine Menge von zwanzigtausend – ausgesehen hat, wenn er voller Menschen war, vielleicht am wöchentlichen Markttag, einem Markt wie dem in Tenochtitlan, von dem Bernal Díaz berichtet: Tausende drängen sich auf dem Platz, Kaufleute und Straßenhändler aus der ganzen Region preisen ihre Waren an.

Meine Erinnerung macht einen Sprung. Mit einem Mal bin ich in Gedanken auf dem Marktplatz in Oaxaca, doch ich sehe vor meinem geistigen Auge nicht die Händler, sondern die hoffnungslosen, von Armut gezeichneten Bettler. Wie sie könnte auch der Mann, der an der Zufahrt zu Monte Albán Orangen verkauft, ein direkter Nachfahre der Männer sein, die diese Stadt erbaut haben – oder auch ein Nachfahre der Konquistadoren. Vielleicht stammt er von beiden ab. Die Monstrosität unserer Untaten und der Tragödie, die daraus erwachsen ist, überwältigt mich schier. Ich kann verstehen, dass es Menschen gibt, die Kolumbus und Cortés als Verbrecher verdammen.

Kann man eine so rücksichtslos, so systematisch untergrabene und zerstörte Identität rekonstruieren? Und was wäre erforderlich, um es auch nur zu versuchen? Die alten präkolumbianischen Sprachen existieren noch und werden von etwa einem Fünftel der Bevölkerung gesprochen. Die Grundnahrungsmittel – Mais, Kürbis, Pfefferschoten, Bohnen – sind dieselben wie vor fünftausend Jahren. Viele kulturelle Dinge haben überlebt. Man hat das Gefühl, dass das Christentum trotz seiner langen Geschichte nichts weiter ist als ein dünner Firnis. Die Kunst und die Architektur vergangener Zeiten sind allgegenwärtig.

Ich stehe auf einem der riesigen Plätze von Monte Albán und stelle mir das Wogen einer gewaltigen Menge vor. Stimmen rufen in einem Dutzend Sprachen, in den Tempeln drängen sich die Gläubigen, ihre Gebete schallen zum Himmel, während die Priester-Astronomen still in ihrem Raumschiff arbeiten. Ich stelle mir das dumpfe Gemurmel des Publikums vor – vielleicht hat sich die gesamte Bevölkerung von Monte Albán auf den Rängen rings um das Spielfeld eingefunden, um das heilige Spiel zu verfolgen.

Dies – das Spielfeld und die große Bedeutung des Ballspiels – macht Mittelamerika so einzigartig, denn in der Alten Welt gab es keine Ballspiele, weder in den Städten noch in den Götterwelten. Keine Ballspiele und keine Bälle, und wie hätte man auch ein Ballspiel erfinden können, wenn es doch keine annehmbaren Bälle gab? Doch dies war eine Verbindung, die ich zunächst nicht sah.

Der Ballspielplatz, der inzwischen wieder in seinen ursprünglichen Zustand versetzt ist, bietet einen sehr schönen Anblick. Er besteht aus einem länglichen, grasbewachsenen Rechteck, an dessen Längsseiten sich gewaltige »Stufen« aus Granit erheben. Man weiß nur sehr wenig über Regeln und die Bedeutung der Spiele, die hier stattfanden. Das zapotekische Ballspiel, sagt Luis, hatte, im Gegensatz zu den späteren, »degenerierten« Spielen der Azteken (hier offenbart Luis als Nachfahre der Zapoteken vielleicht gewisse Vorurteile), nichts mit Kampf zu tun, sondern ähnelte eher einem Ballett: Es war ein endloses, nie aufgelöstes Hin und Her zwischen Licht und Dunkelheit, Leben und Tod, Sonne und Mond, männlichem und weiblichem Prinzip – eine nie endende Auseinandersetzung, die Dynamik des Kosmos. Bei diesem Spiel gab es keine Sieger, keine Verlierer, keine Tore.

Das Ballspiel hatte eine außerordentlich symbolische Bedeutung, war aber auch sehr anstrengend. Es gab zwei Mannschaften aus fünf bis sechs Spielern, die jeden Teil des Körpers *mit Ausnahme* der Hände und Füße einsetzen durften. Die Spieler benutzten ihre Schultern und Ellbogen, vor allem aber die Hüften, die mit einem korbähnlichen Schutz versehen waren, was das Zielen und die Weitergabe des Balls erleichterte. Der Ball war größer als ein Basketball, bestand aus Vollgummi und war so schwer (zehn Pfund oder mehr), dass er Verletzungen verursachen konnte. Das aztekische Ballspiel jedenfalls war, im Gegensatz zu der von Luis geschilderten zapotekischen Version, ein Kampfspiel mit tödlichem Ausgang, denn der Anführer der Verlierermannschaft (oder gelegentlich auch der Kapitän der siegreichen Mannschaft) wurde rituell geopfert und gegessen.

In unserer Botanikergruppe wendet sich die Diskussion jedoch bald dem Ball sowie der Frage zu, wie die eingeborenen Völker Mittelamerikas Jahrhunderte oder gar Jahrtausende vor der Ankunft der Spanier die Herstellung von Latex aus dem Saft einheimischer Bäume entdeckt haben mögen. Die Spanier waren jedenfalls verblüfft, als sie zum ersten Mal einen Gummiball zu sehen bekamen. »So sie auf den Boden fallen, springen sie mit großer Gewalt wieder in die Luft«, schrieb ein erstaunter Entdecker im 16. Jahrhundert. »Wie kann das angehen?« Einige glaubten, der Ball habe ein eigenes Leben; eine solche Elastizität, eine solche Dynamik war in der Alten Welt unbekannt. Man kannte die Schnellkraft von gespannten Federn oder Bogen, doch dass ein Material existierte, das derart elastisch war, hätte man sich nicht träumen lassen.

Viele Pflanzen enthalten einen milchigen, klebrigen Saft, den Latex. In getrocknetem Zustand ist er spröde und brüchig. Er muss weiterbehandelt werden, damit die mikroskopisch kleinen Gummitropfen, die er enthält, gerinnen und sich zu einer teigigen Masse verfestigen, die nach dem Trocknungsprozess die elastische, als Gummi bekannte Substanz ergibt. Es gibt nicht bloß einen einzigen Gummibaum; vielmehr liefern etliche Bäume aus verschiedenen Familien einen brauchbaren Latex, und viele davon wurden von mittelamerikanischen Indianern entdeckt. Die Maya fanden heraus, dass sie einen Baum namens *Castilloa elastica* fällen und den klebrigen Latex in Trögen auffangen konnten. Anschließend fügten sie den sauren Saft der Purpurwinde hinzu. (Dieser war meist leicht verfügbar, da *Castilloa*-Bäume oft von Purpurwindenranken überwuchert waren.) Aus dem gewonnenen Gummi stellten sie nicht nur die großen, bei ihren Spielen verwendeten Bälle her, sondern auch kleine Bälle für Kinder, außerdem religiöse Bilder und Figuren, Sohlen für ihre Sandalen sowie Schnüre, mit denen Axtköpfe an den Schäften befestigt wurden.

Im Gegensatz zu Erzeugnissen wie Schokolade und Tabak, die von den ersten Entdeckern nach Spanien gebracht und sogleich übernommen wurden, brauchte Gummi recht lange, bis es in Europa angekommen war, und dann handelte es sich um Gummi aus dem Saft des im Amazonasgebiet vorkommenden *Hevea*-Baumes, der heute extensiv angebaut wird. Die ersten Gummiballen wurden in den Siebzigerjahren des 18. Jahrhunderts nach Frankreich gebracht, wo sie großes Interesse erregten. In Schottland erkannte Charles Macintosh, dass man mit diesem Material Stoffe wasserdicht machen konnte, und Joseph Priestley, der Entdecker des Sauerstoffs, stellte fest, dass sich damit Bleistiftspuren entfernen ließen. Besser als das Wort »Gummi« gefällt mir übrigens das aus dem Französischen stammende »Kautschuk«, in dem das ursprüngliche Quetzal-Wort noch anklingt.

Erst im 19. Jahrhundert stellte Charles Goodyear fest, dass sich Rohgummi durch Behandlung mit Schwefel und anschließende Erhitzung in ein äußerst biegsames und elastisches Material verwandeln ließ. In gewissem Sinne war er es, der das eigentliche Gummi erfand – nur dass diese Erfindung bereits Jahrtausende zuvor von den Maya gemacht worden war. (Man hat kürzlich entdeckt, dass die Purpurwinde Schwefelbestandteile enthält, die wie in dem von Goodyear entwickelten Prozess imstande sind, die Latex-Polymere miteinander zu vernetzen und feste Segmente in ihre Ketten einzubauen. Diese Ketten greifen wechselwirkend ineinander und bewirken die Elastizität des Gummis.)

Halb höre ich zu, halb träume ich: Ich stelle mir vor, wie der Ballspielplatz vor fünfzehnhundert Jahren ausgesehen haben mag, in Monte Albáns großer Zeit: Die Spieler drängen und rempeln und setzen ihre Hüften und Hinterteile mit eleganten und doch heftigen Bewegungen ein, sie bewegen den schweren Ball, der beinahe ein Eigen-

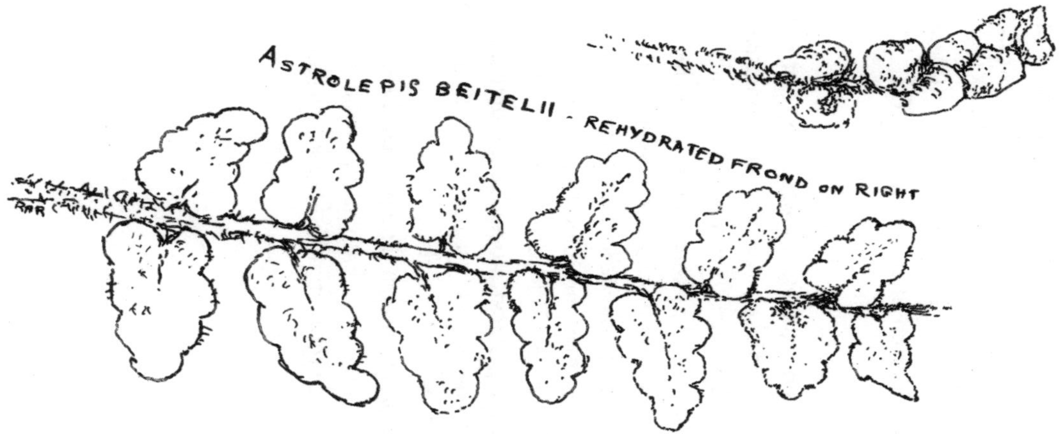
ASTROLEPIS BEITELII - REHYDRATED FROND ON RIGHT
RAR

leben zu besitzen scheint, hierhin und dorthin, sie spüren, dass dies ein Abbild des himmlischen Ballspiels ist und dass ihre eigenen Bewegungen, ihre Muster und Konstellationen ein Gegengewicht bilden zu denen des Kosmos und der Herren über Leben und Tod.

....

Aus diesen erhabenen Gedanken reißt mich der Anblick von John Mickel, der sich am Grabmal 105 auf etwas stürzt. »*Astrolepis beitelii!*«, ruft er aufgeregt. (Es handelt sich um eine *Astrolepis*, die noch nicht auf unserer Liste steht.) Die pteridologische Leidenschaft hat ihn gepackt. Und tatsächlich sehe ich, während wir anderen Monte Albán erforschen und seine Wunder bestaunen, weit unterhalb, auf freiem Feld, drei kleine Gestalten: JD, David und Scott, die gebückt, hockend, auf dem Bauch liegend, die Lupe in der Hand, winzige Pflanzen dieser Region untersuchen. Sie bringen das größte Opfer, denn sie entsagen der monumentalen Pracht, der Erhabenheit, den Geheimnissen von Monte Albán und folgen dem leisen, aber unüberhörbaren Ruf der kryptogamen Botanik.

KAPITEL 9

Samstag

Unterwegs zu Boones Haus in Ixtlán. Zusammengesunken im Bus, Visionen von Pyramiden, Terrassen, dem Ballspielplatz – meine Hirnrinde führt mir noch einmal Monte Albán vor –, aus dem Halbschlaf gerissen von JDs Ausruf: »Vögel!« Ich schlage die Augen auf und sehe ihn angespannt, aufmerksam dasitzen und die Szenerie mit begierigen, fachkundigen Blicken betrachten.

Im schräg einfallenden, goldenen Licht der Morgensonne sehe ich neben der Straße eine Hütte mit einem Esel und einem vollgestellten Hof, schaffe es aber nicht, meine Kamera rechtzeitig hervorzuholen. Genau wie gestern, in Monte Albán: Dort sah ich einen schlanken, schönen, muskulösen, halb nackten Jüngling auf einem Felsen stehen, der die große Arena überragte. Er hätte einer der Ureinwohner sein können – ein junger Priester-Krieger vielleicht, der sich der Sonne darbot. Die Schönheit dieses Menschen vor dem beeindruckenden Hintergrund ließ mich nach der Kamera greifen, und ich hätte diesen Jüngling auch »erwischt«, wenn mir nicht gerade in diesem Moment jemand eine Frage gestellt hätte, und als ich sie beantwortet hatte, war der Augenblick vorüber, und der Junge war verschwunden.

Ich denke an die botanischen Schätze, die wir hier gesehen haben, und damit meine ich nicht nur die Farne, sondern auch alles Mögliche andere, das wir als selbstverständlich betrachten. Die Konquistadoren gierten nach Silber und Gold und raubten ihre Opfer rücksichtslos aus, doch nicht dies waren die eigentlichen Kostbarkeiten, die sie nach Europa brachten, sondern die in Europa gänzlich unbekannten landwirtschaftlichen Erzeugnisse wie Tabak, Kartoffeln, Tomaten, Schokolade, Kürbisse, Chilis, Pfeffer und Mais, ganz zu schweigen von Gummi, Kaugummi, exotischen Halluzinogenen und Koschenille …

....

»Ein Kodak-Augenblick!«, verkündet John Mickel, als der Bus für ein paar Minuten anhält. Wir sind auf einem hohen Bergrücken, und die niedrigeren Hügel liegen vor uns wie ein bewaldeter Ozean. Doch alle anderen stürzen sich auf irgendwelche kleinen Dinge, und niemand schenkt der atemberaubenden Aussicht mehr als einen flüchtigen Blick. Dick hat direkt vor mir ein winziges Blümchen entdeckt, eine Lobelie, wie er glaubt. Er betrachtet sie durch seine Lupe und begeistert sich für ihre Schönheit, während er versucht, sie zu bestimmen. Wer ist von der Lobelie so angetan – der Künstler oder der Wissenschaftler in ihm? Offenbar beide, und sie sind untrennbar miteinander verschmolzen.

Mit Robbin verhält es sich ähnlich. Während unseres kurzen Stopps hat er einen riesigen Kiefernzapfen gefunden, und nun markiert er (mit meinen roten und grünen Stiften) den spiralförmigen Verlauf der Schuppen, die in festen numerischen Serien rings um den Zapfen angeordnet sind. »Wie kann man die Schönheit eines Kiefernzapfens wirklich würdigen, wenn man die Fibonacci-Zahlen nicht kennt?«, sagt er. (Er hat schon einmal eine ähnliche Bemerkung über die logarithmischen Spiralen der jungen Blatttriebe von Farnen gemacht.)

»Klasse!«, sagt Nancy Bristow und untersucht den Zapfen. Nancy hat Mathematik studiert und ist von Beruf Mathematiklehrerin, doch ihr Herz gehört der Botanik und der Ornithologie. Ich frage sie, was sie mit »klasse« meint.

»Elegant … perfekt angeordnet … symmetrisch … vollkommen … die Verbindung von Ästhetik und Mathematik.« Ich habe sie gezwungen, ihren Ausruf »Klasse!« zu hinterfragen, und nun sucht sie nach Worten, nach Konzepten.

»Ist die Goldbach'sche Vermutung klasse?«, frage ich sie. »Oder Fermats letzter Satz?«

»Na ja«, sagt sie, »der Beweis ist äußerst schwierig.«

»Was ist mit dem Periodensystem?«

»Das«, sagt Nancy, »ist besonders klasse, so klasse wie dieser Kiefernzapfen. Es ist eine Art von Klasse, wie sie nur Gott oder ein Genie zustande bringen kann: göttlich ökonomisch, die Umsetzung der einfachsten mathematischen Gesetze.« Nancy und ich verstummen, überrascht von dem unerwarteten Fahrwasser, in das uns die Erforschung des Begriffs »klasse« geführt hat.

Plötzlich ertönt der Ruf: »Vögel!«, um die Vogelkundler im Bus auf einige schwarze Geier aufmerksam zu machen, die über uns fliegen. Ich höre: »Möbel!« und wundere mich über den überschwänglichen Tonfall. Alle lachen über meinen Fehler, besonders als ich noch einen draufsetze: »Seht nur – all die Sofas! Da ist ein großes! Und da, da drüben …«

....

Kurz hinter Ixtlán, auf dem Weg zu Boones Haus, werden wir angehalten. Am linken Straßenrand steht unübersehbar ein Jeep mit aufmontiertem Maschinengewehr. Ein junger Mann in einer Tarnhose und einem T-Shirt mit dem Aufdruck *Policia Judicial* steigt in den Bus, gefolgt von einem regulären Soldaten in kakifarbener Uniform. Er trägt Stiefel, Wickelgamaschen, einen Stahlhelm mit Netzüberzug und sieht unglaublich jung aus – nicht älter als sechzehn, wie ein Junge, der Soldat spielt. Den Stift hält er mit ungeübter Hand. Er lächelt charmant, und in seinem glatten, dunklen Gesicht wirken die Zähne besonders weiß – doch das Maschinengewehr bleibt die ganze Zeit auf uns gerichtet. John zeigt ihm unsere Papiere, denen zu entnehmen ist, dass wir harmlos sind. Das Lächeln bleibt unverändert charmant, und wir dürfen weiterfahren. Aber die Situation hätte sich leicht anders entwickeln können. Man hat den Verdacht, dass diese jungen Burschen mit ihren Maschinengewehren im Falle irgendwelcher Schwierigkeiten oder Unklarheiten erst schießen und dann fragen – immerhin gibt es im Bundesstaat Chiapas, gar nicht weit von hier, einen Bürgerkrieg, eine Revolte, und die Soldaten sind nervös und misstrauisch und haben den Finger am Abzug. Ich würde den Polizisten und den Soldaten gern fotografieren, fürchte aber, dass das als Affront oder als Herausforderung missverstanden werden könnte.

Luis sagt, dass Straßensperren, Durchsuchungen von Fahrzeugen und Passagieren sowie äußerst rüde Verhöre in Oaxaca immer häufiger vorkommen. Tatsächlich haben wir oft Kontrollposten der Armee und kleine Trupps von Soldaten gesehen, sind aber bisher noch nie angehalten worden. Man sucht nach Schmuggelware, insbesondere nach Waffen, aber auch (wie Luis erklärt) nach Leuten, die »religiöse oder politische Ziele« verfolgen, nach Missionaren und Aufrührern, auch nach Studenten, die sich »nicht ausreichend ausweisen« können. In Zeiten wie diesen ist jeder verdächtig.

Im Gespräch mit dem Soldaten und dem Polizisten hat John das aufgegriffen und gesagt, unsere Religion sei »die Botanik«. Er hat ihnen auch seinen Dienstausweis gezeigt, ausgestellt vom Botanischen Garten New York. (Er hätte ihnen auch mein nunmehr mit Koschenille rosa gefärbtes T-Shirt vorlegen können!)

....

»Hängende *Polypodia* an den Felsen«, verkündet John, der, nachdem er an der Straßensperre sehr gelassen mit den Uniformierten verhandelt hat, wieder ganz der Botaniker ist. »Wir werden«, fügt er hinzu, »die Gattung *Lla-*

vea kennenlernen.« Der Name mit der walisisch wirkenden Verdoppelung des L gefällt mir. Nicht walisisch, berichtigt mich John: *Llavea* wurde 1816 zu Ehren von Pablo de la Llave benannt, der vor rund zweihundert Jahren durch Mexiko reiste und Pflanzen sammelte und bestimmte.

Am Tor zu Boones Grundstück steigen wir aus. Es geht recht steil bergauf. Wir befinden uns wieder in einer beträchtlichen Höhe – über 2100 Meter –, und da ich inzwischen (wie einige andere) eine leicht grippale Bronchitis habe, bin ich ein wenig kurzatmig. Boone kommt uns entgegen: breitschultrig, gedrungen und kein bisschen kurzatmig (allerdings lebt er ja hier und ist an die Höhe gewöhnt). Er ist robust und rüstig, obwohl er über fünfundsiebzig ist. Als wir ihm von der Straßensperre erzählen, ist er nicht überrascht. Er erläutert die gegenwärtige politische Situation in Mexiko, fragt unvermittelt: »Haben Sie Locke gelesen?«, und spricht über Lockes *Zwei Abhandlungen über die Regierung*. Agrarwissenschaft, Genetik, Politik, Philosophie – das alles verbindet sich in Boones geräumigem Geist, und die oft sprunghaften Wechsel von einem Thema zu einem anderen zeugen davon, dass solche Assoziationen für einen Intellekt wie dem seinen ganz natürlich sind. Gegen Mittag wird ein Teil unserer Gruppe durch den Wald streifen, während andere – darunter auch ich – in der *Casita* bleiben werden; dann, nehme ich mir vor, werde ich mich ausführlich mit Boone unterhalten. Er fasziniert mich immer mehr, und ich möchte ihn gern näher kennenlernen.

Doch daraus wird nichts, denn es erscheinen zwei junge Bodenkundler aus Norwegen, die eigens gekommen sind, um mit Boone zu sprechen. Boone begrüßt sie in fließendem Norwegisch – du lieber Himmel, wie viele Sprachen beherrscht dieser Mann eigentlich? –, und dann ziehen die drei sich zurück.

....

Die Casita ist so reparaturbedürftig wie gemütlich – ideal für engagierte Wissenschaftler, die hier zu Besuch sind, für alle anderen jedoch eigentlich eine Zumutung. Allerdings ist sie auch nicht für alle anderen bestimmt. Überall ranken Pflanzen, im Waschbecken sitzt eine Eidechse, und im Schlafzimmer stehen dicht gedrängt sechs Betten, die eher Pritschen gleichen. In der Mitte der Hütte steht ein schöner Tisch für Besprechungen, und draußen, im überdachten Bereich, kann man gesammelte Pflanzenexemplare präparieren. Es gibt einen Ofen, einen Kühlschrank, Elektrizität, fließendes warmes Wasser. Kann ein durchreisender Botaniker mehr verlangen?

Was er sich wünscht, ist draußen, ringsum: Die Casita steht in einem artenreichen Wald, wo man in einem Radius von einem Kilometer über sechzig Farnarten findet und in einem Radius von fünfzehn Kilometern mehr als zweihundert weitere. Das trockene Hochtal und die Stadt Oaxaca liegen eineinhalb Stunden weiter südlich, und in zwei bis drei Stunden erreicht man den üppigen Regenwald im Norden. Direkt benachbart ist Boones kleine Farm, wo er noch immer Mais und vieles andere anbaut, sowie sein privater Garten, in dem es alles Mögliche gibt, von Grapefruits bis zu Rhododendren, ganz zu schweigen von Fischteichen und antiken Statuen.

....

Carol Gracie hat eine Passionsblume (*Passiflora*) gepflückt und hält uns einen spontanen Vortrag über die symbolische Bedeutung, die diese Blume für die Jesuiten hatte. Die drei Fruchtnarben standen für die drei Kreuznägel, die fünf Staubgefäße für die fünf Wunden Jesu, die zehn Blütenblätter für die zehn Apostel, die bei der Kreuzigung anwesend waren, die Krone für die Dornenkrone Jesu und die Ranken für die Peitschen, mit denen Jesus geschlagen wurde, als er das Kreuz zum Kalvarienberg schleppte. Hätten die frommen Patres ein Mikroskop gehabt, denke ich, dann hätten sie noch ein Dutzend weitere Strukturen und Symmetrien entdeckt, die sie als Symbole der Kreuzigung hätten interpretieren können, von Gott selbst in die Zellen dieser Pflanze geschrieben.

Ich gehe mit Scott, Nancy und JD zu einem Hain voller Passionsblumen. Es ist ein idealer Ort, um Kolibris und Schmetterlinge zu beobachten und in der dichten Vegetation ringsum Pflanzen zu sammeln. Wir sind kaum dort angekommen, als JD plötzlich ruft: »Ein Sonnenstrahlkolibri! Da, in der *Cryptomeria*! Er hat ein leuchtend grünes Band, wie ein Smaragd!«

JD und Nancy entdecken immer mehr Vögel – im Lauf einer Stunde bestimmen sie wohl mehr als zwanzig Spezies – und stoßen dabei Rufe der Begeisterung aus. Ich blicke mich um und sehe nichts. Oder vielmehr: Ich sehe bloß ein paar Falken und Geier – die winzigen Vögel, über die sie sich so freuen, entgehen mir ganz und gar. Das liegt an meinen schlechten Augen, sage ich entschuldigend. Dabei sind meine Augen gut – der Fehler liegt im Gehirn. Das Auge muss geübt werden: Man entwickelt einen ornithologischen, einen geologischen, einen pteridologischen Blick. (Ich selbst habe einen »klinischen« Blick.)

Scott, dessen Blick für die Interaktion von Pflanzen und Tieren geschärft ist, entdeckt Passionsblumen, deren Blüten zerrissen sind; er schneidet mit dem Messer andere, scheinbar intakte Blüten der Länge nach auf und stellt fest, dass sie keinen Nektar mehr enthalten. »Einbrecher«, sagt er finster. Die Übeltäter waren höchstwahrscheinlich Bienen, die den Kolibris zuvorgekommen sind. Sie haben die Ameisen ignoriert, den Nektar gestohlen und dabei in den meisten Fällen die Blüten zerstört.

Während ich Scotts Fingerfertigkeit bei der Sektion der Blüten bewundere, höre ich JD: »Herrje, ein Turmfalke! Großartig!« Nancy, die bemerkt hat, dass ich Falken und Geier verwechsle, weist mich auf die aerodynamischen Unterschiede zwischen ihnen hin und erklärt mir, dass Geier, im Gegensatz zu Falken, die Flügel leicht nach oben anwinkeln und sich dann im Luftstrom wiegen. Sie betrachtet Vögel und ihren Flug mit dem Blick der Mathematikerin und Ingenieurin, wogegen JD in erster Linie Ökologe und Taxonom ist. Nancy interessiert sich erst seit ein paar Jahren für Vögel und Pflanzen und bringt dabei einen mathematischen Ansatz ein. Ich finde es aufregend zu sehen, dass bei ihr das abstrakt-mathematische Interesse und die Leidenschaft der Naturforscherin nicht in verschiedenen Teilen des Geistes residieren, sondern interagieren, sich vereinen und gegenseitig befruchten können.

....

David, der gut gelaunte Chemiker und Botaniker, ruft jedes Mal, wenn er mich sieht: »Mispickel!«

Worauf ich antworte: »Operment!«

»Realgar«, erwidert er.

Es ist wie das Handzeichen einer Straßengang – unser jovialer arsenischer Gruß.

....

Ich habe zum ersten Mal einen Riesenschachtelhalm (*Equisetum myriochaetum*) in der Natur gesehen; er war größer als ich. John sagt, diese Art könne eine Höhe von bis zu fünf Metern erreichen. Wie dick ist dann der Stängel?, frage ich. Er bildet einen Ring mit Daumen und Zeigefinger: höchstens eineinhalb Zentimeter Durchmesser. Ich bin tief enttäuscht, denn ich hatte gehofft, er werde sagen: Wie ein schlanker Baum, so dick wie ein junger *Calamites*.

David, der zugehört hat, nickt. »Du bist wirklich ein Fossilienfan.« (Ich hatte ihm früher schon erzählt, wie mein Interesse für die Paläobotanik geweckt wurde.) Robbin erzählt, wie Richard Spruce, der große Pflanzenforscher, in den frühen Sechzigerjahren des 19. Jahrhun-

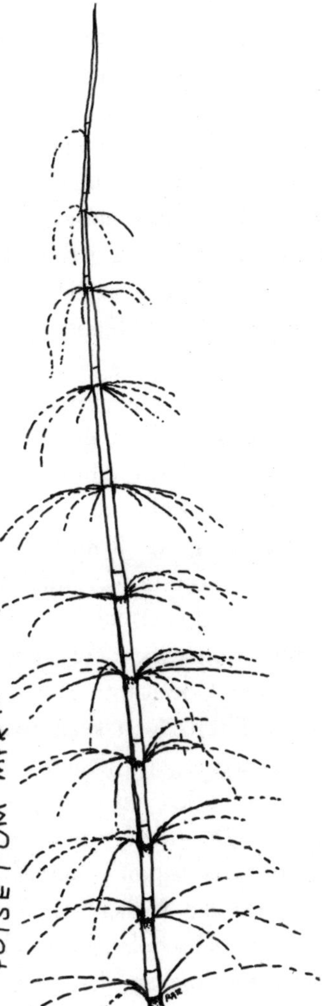

EQUISETUM MYRIOCHAETUM

derts in Ecuador auf eine kleine Gruppe von Riesenschachtelhalmen stieß. Sie hätten ausgesehen wie junge Lärchen, und ihre Stämme, berichtete Spruce, seien beinahe so dick wie sein Handgelenk gewesen. »Ich konnte mir vorstellen«, schrieb er, »in einem vorzeitlichen Wald aus *Calamites* zu stehen.« Wäre es möglich, fragen wir uns, dass Spruce tatsächlich auf eine Population von *Calamites* gestoßen war, die wunderbarerweise überlebt hatte, obgleich diese baumartigen Riesenschachtelhalme aus dem Paläozoikum seit 250 Millionen Jahren ausgestorben waren?

Es erscheint äußerst unwahrscheinlich, und doch ist es nicht gänzlich ausgeschlossen. Vielleicht hat er sie tatsächlich gefunden, vielleicht gibt es sie dort noch immer, in einer unbekannten Enklave, einer verlorenen Welt im Amazonasgebiet. Das, sagt Robbin, ist eine Fantasie, die ihn manchmal überkommt (»in Anfällen von Unvernunft und Romantik«), und auch ich kenne solche Gedanken. Immerhin sind schon seltsamere Dinge geschehen: 1938 entdeckte man den Coelacanthus, einen angeblich längst ausgestorbenen Fisch. 1950 stieß man auf eine ganze Klasse von Mollusken, von denen man bis dahin angenommen hatte, sie seien seit über 400 Millionen Jahren ausgestorben. Nicht anders war es im Fall des Urweltmammutbaums (*Metasequoia*) oder als man, vor Kurzem erst, in Australien die Wollemi-Kiefer fand. Robbin erzählt von isolierten Hochplateaus in Venezuela, die nach allen Seiten so steil abfallen, dass man sie nur mit einem Hubschrauber erreichen kann. Dort leben endemische

Spezies, einzigartige Pflanzen, die es sonst nirgendwo auf der Welt gibt.

Wir kehren in die Casita zurück und breiten unsere Funde aus. Der Riesenschachtelhalm ist zwar kein *Calamites*, doch in meinen Augen überstrahlt er die Pflanzen der anderen. Boone, der die ganze Zeit mit den norwegischen Bodenkundlern gesprochen hat, gesellt sich wieder zu uns und zeigt uns den mehrjährigen Mais, den er aus Samen gezüchtet hat. Vor fünfzehn Jahren hat man einige wenige Pflanzen dieser Sorte in Jalisco entdeckt, und Boone gehörte zu denen, die sogleich das Potenzial erkannten, das darin steckte: Zum einen handelt es sich hier um eine neue Pflanze, zum anderen lassen sich die Gene, die sie gegen Maisbrand immun machen, vielleicht auf andere Sorten übertragen. Während wir ihn umringen, wird mir bewusst, dass Boone etwas an sich hat, das ihn von anderen Menschen unterscheidet. Mit seinem außergewöhnlichen technischen Einfallsreichtum und seiner Originalität, mit seinem immensen Wissen und seiner Bildung, mit seinem leidenschaftlichen, lebenslangen Engagement für die Selbstachtung und Autonomie der verarmten Bauern von Oaxaca ist er intellektuell wie moralisch eine Klasse für sich. Er steht neben den hohen Maispflanzen, und in der Nachmittagssonne wirft seine kräftige Gestalt einen langen Schatten, als er sich von uns verabschiedet. Ich habe das Gefühl, einem seltenen, heldenhaften, außergewöhnlichen Menschen begegnet zu sein. Der hohe Mais, die warme Sonne, der alte Mann – das alles verschmilzt zu einem einzigen Ganzen. Dies ist

LLAVEA CORDIFOLIA

einer jener unbeschreiblichen Augenblicke, die von einer intensiven, beinahe übernatürlichen Wahrnehmung der Realität gekennzeichnet sind. Dann gehen wir den Weg hinunter zum Tor und steigen in den Bus. Alle sind benommen, wie in Trance, als wäre uns unvermittelt eine göttliche Vision zuteilgeworden – doch nun sind wir zurückgekehrt in die gewohnte, alltägliche Welt.

....

An einer bestimmten Stelle, die John von seinen zahlreichen früheren Besuchen in Oaxaca kennt, halten wir an und steigen aus. Hier ist sie, sagt er, die *Llavea cordifolia* – vielleicht ist es das letzte Mal, dass ihr sie seht. Es gibt sie nur in Südmexiko und Guatemala. John hat sie bei seinem ersten Aufenthalt in Oaxaca entdeckt, als er die Straßenböschungen absuchte.

Ich betrachte die *Llavea*. Bloß irgendein blöder Farn, denke ich (aber das ist natürlich ein Gedanke, den ich in dieser Gruppe nicht laut ausspreche!).[9] Zugleich bemerke ich aus dem Augenwinkel etwas unendlich viel Seltsameres und (wie ich finde) Interessanteres: ein Fettkraut (*Pinguicula*), eine fleischfressende Pflanze. Ihre Blätter sind oval und klebrig – ich berühre sie vorsichtig. Kleine Insekten, die auf der schleimigen Oberfläche haften bleiben, werden nach und nach aufgelöst und verdaut.

Llavea ist keineswegs selten. Aber angenommen, es gäbe nur noch zwanzig, dreißig Exemplare, alle an einem Ort, nirgendwo sonst – würde man die Lage dieses Ortes preisgeben?, frage ich Robbin. Er und Judith Jones, die neben ihm sitzt, sind sich einig, dass man das unter solchen Umständen nicht tun würde. Ich führe als Beispiel eine exotische Farnpalme an, eine Spezies der *Ceratozamia*, von der nur etwa zwanzig Exemplare in Panama entdeckt worden waren: Die gesamte Population wurde von einem Sammler entfernt, sodass es diese Art in der freien Natur nun nicht mehr gibt. Judith, die im Nordwesten der USA eine Farnzucht unterhält, erzählt von Carl English, einem Botaniker, der in den Fünfzigerjahren behauptete, einen neuen Frauenhaarfarn, ein zwergwüchsiges *Adiantum*, entdeckt zu haben, den Standort jedoch nicht nennen wollte. Man glaubte ihm nicht oder sagte, er habe bloß eine Mutation ohne besondere Bedeutung gefunden. Dreißig Jahre später, nach seinem Tod, stieß man auf eine zweite isolierte Population. Damit war English rehabilitiert. Doch warum hatte er den Standort überhaupt geheim gehalten? Kommerzielle Gründe kann man wohl ausschließen, denn er machte keinen Profit und verschenkte Farnsporen an Interessierte in aller Welt. Vielleicht waren seine Motive insofern teils professioneller Natur, als er wissenschaftliches Prestige erlangen wollte (was ihm in diesem Fall allerdings nicht gelang, da ihm niemand glaubte), vielleicht ging es ihm teils aber auch darum, diese Pflanzen vor Sammlern zu schützen. Und möglicherweise – so Judiths Vermutung – war er einfach seinem Wesen nach ein Geheimniskrämer.

Das führt uns, während der Bus durch die Berge hoch über Oaxaca kurvt, zu einer ausgedehnten Diskussion über Offenheit und Geheimhaltung in der Wissenschaft, über Erstveröffentlichung und Piraterie, über Patente und Plagiarismus. Ich sage, dass es mich immer freut, wenn meine Patienten eine zweite fachliche Meinung einholen und jemand ein echtes Interesse für sie oder ihren Zustand zeigt, dass es aber Kollegen gibt, die das ganz anders sehen und aus Angst, man könnte sie »ausbooten«, keine noch so kurze Untersuchung ihrer Patienten durch mich (oder irgendeinen anderen Arzt) zulassen. Die Korrespondenz solcher Kollegen ist uninformativ und von Misstrauen geprägt. Ich erwähne Lavoisier, der seine eigenen Funde sorgfältig dokumentierte und diese Aufzeichnungen in versiegelten Umschlägen bei der Akademie der Wissenschaften hinterlegte, damit ihm niemand seine Priorität streitig machen konnte, der aber zugleich die Erkenntnisse anderer schamlos und in empörender Weise als die eigenen ausgab.

....

Erschöpft und begeistert nach unserem Besuch bei Boone, beschließen Robbin und ich, einen letzten Abend in der Stadt zu verbringen: Wir wollen ein letztes Mal über den Zócalo schlendern, ein letztes Mal in einem der Straßencafés essen. Doch zuvor werden wir das historische Museum der Stadt besuchen, das in einer riesigen Klosteranlage aus dem 17. Jahrhundert untergebracht ist und eine sehr umfangreiche Sammlung von präkolumbianischen Kunstschätzen zeigt. Der Reichtum und das breite Spektrum des kulturellen Erbes von Oaxaca, mit denen wir in den vergangenen Tagen konfrontiert waren, haben uns verwirrt, und nun brauchen wir eine Zusammenfassung, eine Synthese; wir wollen das alles geordnet und katalogisiert vor uns sehen.

Als Erstes besichtigen wir die *Bibliotheca,* einen sehr langen, hohen Saal, in dessen bis zur Decke reichenden Regalen Inkunabeln und alte, in Kalbsleder gebundene Bücher stehen. Die Atmosphäre ist durchdrungen von Ruhe und großer Gelehrsamkeit, von der Größe der Geschichte und der Vergänglichkeit von Büchern und Papier. Diese Vergänglichkeit ermöglichte es den Spaniern, die schriftlichen Aufzeichnungen der Maya, der Azteken und der Kulturen, die diesen vorausgingen, beinahe vollständig auszulöschen. Ihre herrlichen, zarten, von Hand auf Rinde geschriebenen Bücher wurden von den Konquistadoren zu Tausenden verbrannt – kaum ein halbes Dutzend sind erhalten geblieben. Die Inschriften und Glyphen auf Statuen, Tempeln, Tafeln und Grabstätten waren zwar dauerhafter, doch sind sie, trotz jahrzehntelanger Bemühungen, weitgehend unentziffert geblieben. Mein Blick schweift über die vergänglichen Bücher in diesem Saal, und ich muss an die große Bibliothek von Alexandria mit ihren Hunderttausenden von einzigartigen, niemals kopierten Schriftrollen denken: Als sie verbrannten, ging auch ein großer Teil des Wissens der antiken Welt verloren.

In Monte Albán haben wir von Grab 7 gehört, in dem ein unermesslicher Schatz entdeckt wurde, das mittelamerikanische Gegenstück zum Grab des Tutanchamun. Die Grabbeigaben, die heute im Museum ausgestellt sind, datieren aus relativ später Zeit, denn den ursprünglichen, aus dem 8. Jahrhundert stammenden Inhalt des Grabs hat man im 14. Jahrhundert entfernt; anschließend wurde darin ein mixtekischer Adliger zusammen mit seinen Dienern und Kostbarkeiten aus Gold, Silber und Edelsteinen beigesetzt. Es wurden große Urnen gefunden, wie wir sie überall in Monte Albán gesehen haben, außerdem kunstvoll gearbeiteter Schmuck und Verzierungen aus Gold, Silber, Kupfer und ihren Legierungen sowie aus Jade, Türkis, Alabaster, Quarz, Opal, Obsidian, *Azabache* (was immer das sein mag) und Bernstein. Die präkolumbianischen Völker schätzten Gold nicht als solches, sondern nur als Werkstoff, denn es ließ sich zu Objekten von großer Schönheit verarbeiten. Den Spaniern war dies unbegreiflich, und in ihrer Gier schmolzen sie Tausende, wenn nicht Millionen von Kunstwerken ein, um ihre Kisten damit zu füllen. Während mein Blick auf den wenigen goldenen Kunstwerken ruht, die durch eine Fügung des Schicksals in Grab 7 erhalten geblieben sind, spüre ich mein Entsetzen. In dieser Hinsicht jedenfalls haben sich die Konquistadoren als weit primitiver und barbarischer erwiesen als die Kultur, die sie unterwarfen.

Eine der Vitrinen ist der Kosmologie der prähispanischen Kulturen gewidmet, den Gottheiten, die über die Sonne, den Krieg, die »atmosphärischen Mächte«, den Mais, die Erdbeben, die Unterwelt, die Tiere und Ahnen (eine interessante Konjunktion), die Träume, die Liebe und den Luxus geboten.

In einer anderen Vitrine sind kleine, aus Pyrit und Magnetit gefertigte Spiegel zu sehen. Wie kommt es, dass die mittelamerikanischen Kulturen den Magnetit wegen seiner Schönheit und seines Glanzes schätzten, jedoch nicht entdeckten, dass er magnetisch ist und, wenn man ihn auf Wasser schwimmen lässt, als Kompass dienen kann? Ebenso wenig war bekannt, dass man, wenn man ihn auf Holzkohleglut einschmilzt, magnetisches Eisen daraus gewinnen kann.

Wie eigenartig, dass diese komplexen, überragenden Kulturen, die auf den Gebieten der Mathematik und Astronomie, der Architektur und Ingenieurkunst so fortgeschritten waren, die über eine so reiche Kunst und Kultur verfügten, deren Rituale und Kosmologie ein so tiefes Verständnis offenbaren, dennoch in einer Welt ohne Rad, ohne Kompass, ohne Alphabet, ohne Eisen lebten! Wie konnten sie in manchen Bereichen so »entwickelt« und in anderen so »primitiv« sein? Oder sind solche Begriffe in diesem Zusammenhang gar nicht anwendbar?

Mir wird bewusst, dass wir diese Diskrepanz nur dann verwirrend finden, wenn wir Mittelamerika mit Rom oder Athen, mit Babylon, Ägypten, Indien oder China vergleichen. Doch in diesen Dingen gibt es keinen Maßstab, keine Linearität. Wie soll man eine Gesellschaft, eine Kultur bewerten? Letztlich können wir nur fragen, ob es die Beziehungen und Tätigkeiten, die Praktiken und Fertigkeiten, die Glaubensvorstellungen und Ziele, die Ideen und Träume gab, welche ein erfülltes menschliches Leben ausmachen.

....

Diese Reise erweist sich nicht nur als Reise in ein anderes Land, in eine andere Kultur, sondern in einem tieferen Sinn auch als eine Reise in eine andere Zeit. Unwissend, wie ich war, hatte ich angenommen, die Zivilisation habe ihren Anfang im Nahen Osten genommen, doch nun habe ich erkannt, dass auch in der Neuen Welt eine Wiege der Zivilisation stand. Die Macht und Größe des Gesehenen haben mich erschreckt und meine Vorstellung davon verändert, was es bedeutet, ein Mensch zu sein. Besonders die Besichtigung von Monte Albán hat zu einer Revision lebenslang gehegter Annahmen beigetragen und mir nie geahnte Möglichkeiten vor Augen geführt. Ich werde Bernal Díaz' und Prescotts 1843 erschienenes Werk *Die Eroberung von Mexiko* noch einmal lesen, jetzt allerdings, da ich einiges mit eigenen Augen gesehen habe, unter neuen Gesichtspunkten. Ich werde über diese Erfahrung nachdenken, ich werde mehr Literatur darüber lesen, und ich werde bestimmt hierher zurückkehren.

KAPITEL 10

Sonntag

Heute machen wir einen letzten Ausflug und fahren in Richtung der südlich von Oaxaca gelegenen Stadt Sola de Vega. Wir werden ein letztes Mal Pflanzen sammeln, und zwar in einem Kalksteingebiet, wo wir calciphile, also kalkliebende Farne und andere Pflanzen sehen werden. Ich verspüre eine gewisse Erschöpfung, jedenfalls in Hinblick auf das Beschreiben meiner Eindrücke, doch die Begeisterung der anderen ist keineswegs erlahmt – es ist, als würden sie all diese Farne zum ersten Mal sehen. Auch ich erfreue mich an den Farnen – und dem Enthusiasmus meiner Begleiter –, aber mir ist bewusst, dass diese Reise bald zu Ende sein wird, und das ist vielleicht der Grund, warum ich mich damit begnüge, eine Liste zu machen: *Cheilanthes longipila, Cheiloplecton rigidum, Astrolepis beitelii, Argyrochosma formosa, Notholaena galeottii, Adiantum braunii, Anemia adiantifolia,* zwei Spezies der *Selaginella,* außerdem Flechten, Moose, winzige Agaven, Mimosen und unzählige VGK.

Nachdem wir Farne gesammelt haben, gehen wir zurück zum *Vado* – zur Furt –, um unter den Sumpfzypressen am Fluss ein letztes Picknick zu machen. Es sind herrliche Bäume. Sie sind zwar nicht so groß wie El Gigante, bieten aber dennoch einen schönen Anblick, wie sie zusammengedrängt an diesem schmalen Wasserlauf stehen (der in der Regenzeit über die Ufer tritt und die Straße überschwemmt und selbst jetzt, mitten in der Trockenzeit, viel Wasser führt). Kleine Mädchen, nicht älter als fünf Jahre, waschen Wäsche im Fluss. Wir bekommen Gesellschaft von einem Dutzend oder mehr Dorfhunden, die sich in Größe, Rasse und Farbe erstaunlich voneinander unterscheiden und gar nicht wie die gleichförmigen, dingoähnlichen Hunde aussehen, denen wir anderswo begegnet sind. Sie werden (wie wir alle und sogar ich, der ich mich weitgehend vegetarisch ernähre) vom köstlichen Duft des Fleisches angelockt, das auf einem Holzfeuer gegrillt wird, und während wir essen, werfen wir ihnen gern ab und zu ein Stück zu. Sie sind eigenartig höflich: Drei oder vier von ihnen stehen oder sitzen in meiner Nähe, geduldig, aber in Bereitschaft und offenbar ganz damit einverstanden, in einer festen Reihenfolge gefüttert zu werden: 1, 2, 3, 4 … 1, 2, 3, 4 … Keiner der Hunde versucht, sich vorzudrängen oder einem anderen etwas wegzuschnappen. Wir sind sehr beeindruckt von diesem sozialen Verhalten, diesem Ausdruck der Gleichheit – oder zeigt sich hier eher eine durch Dominanz hergestellte Hierarchie? Wie würden sich wilde Hunde oder Hyänen angesichts einer Beute verhalten?

Gehören diese Hunde einigen Dorfbewohnern oder dem ganzen Dorf oder sind sie vielmehr eine halbwilde Fressgemeinschaft? Man sagt mir, dass Hunde in dieser Region nur selten als Haustiere gehalten und versorgt werden; die meisten lungern irgendwo herum und leben von Abfällen, und die Leute treten im Vorbeigehen nach ihnen. Diese hier wirken domestiziert, und doch ist mir beim Essen unbehaglich zumute, denn ich bin zeitweise von bis zu sieben von ihnen umringt. Das Unbehagen rührt von meinem Wissen um ihre Abstammung vom Wolf her; ich frage mich, ob sie unvermittelt wild werden und sich auf einen von uns stürzen könnten (anstatt uns zu umschmeicheln). Wahrscheinlich hätten wir es verdient. (Dieses Unbehagen, diese Furcht verspüre ich wohl immer in Gegenwart großer Hunde. Ich mag Hunde, und mein zweiter Vorname – Wolf – stellt sogar eine Verbindung zu ihnen her. Aber meine früheste Erinnerung ist, dass ich mit zwei Jahren von einem Hund – unserem Chow-Chow Peter – angegriffen und gebissen wurde. Ich hatte ihn am Schwanz gezogen, als er gerade an einem Knochen nagte, und er fuhr herum und biss mich in die Wange.)

Luis' Mutter begleitet uns bei diesem Ausflug. Sie hat unserem Fahrer Umberto und seinem Sohn Fernando geholfen, die Picknicktische am Flussufer aufzubauen. Luis' Bruder ist Metzger und hat hervorragendes Fleisch besorgt, und seine Mutter, eine hervorragende Köchin, hat zwei sehr leckere traditionelle Gerichte zubereitet: *Estofado de pollo*, einen spanischen Hühnereintopf in Mandelsauce, und eine *Mole amarillo* mit Schweinefleisch, gewürzt mit *Yerba santa* und *Pitiona*. Und das Fleisch und die Tortillas spülen wir mit einem großen Krug heißer, mit Zimt gewürzter Schokolade aus Oaxaca hinunter, einer Schokolade, nach der ich in dieser Woche regelrecht süchtig geworden bin.

Die Atmosphäre bei diesem Essen ist sehr angenehm, sehr entspannt. Wir sind jetzt seit neun Tagen zusammen und haben einander gut kennengelernt. Wir haben uns angestrengt, sind Steilhänge hinaufgeklettert und über Bäche gesprungen. Wir haben ein Viertel der über sechshundert Farnarten in Oaxaca gesehen. Morgen werden wir dieses Land verlassen und zu unserer Arbeit in Los Angeles, Seattle, Atlanta und New York zurückkehren müssen. Im Augenblick aber gibt es für uns nichts weiter zu tun, als unter den großen Sumpfzypressen am Fluss zu sitzen und die simple, animalische Freude zu genießen, am Leben zu sein. (Vielleicht ist das auch eine vegetabilische Freude: eine Ahnung, wie es wohl sein mag, ohne Eile Jahrhundert um Jahrhundert zu durchleben und sich im Alter von tausend Jahren noch immer jugendlich zu fühlen.)

Auch mit dem Niederschreiben von Notizen, meiner selbst gewählten Aufgabe – oder ist es nicht vielmehr ein Genuss? –, wird es bald vorbei sein. Ich bin erstaunt, dass ich dieses Tagebuch so beharrlich geführt habe, doch andererseits ist es meine Leidenschaft, Eindrücke in Worte zu kleiden. Ich sitze, während ich diese letzten Zeilen schreibe, unter einem Baum – es ist nicht eine der Sumpfzypressen, sondern ein Feigenkaktus, und John Bristow (der dritte John in unserer Gruppe), der mit seiner Kamera alles so eifrig festhält wie ich mit dem Stift, hat diskret ein Foto gemacht, als er dachte, ich bemerke es nicht.

....

Untergehende Sonne, schräg einfallendes Licht, das kleine zapotekische Dörfer und Kirchen aus dem 16. Jahrhundert vergoldet – ein angenehmes, mildes, sanft gewelltes Land. Es war eine wunderschöne Reise. Seit vielen Jahren habe ich keine so genossen wie diese, und im Augenblick bin ich außerstande zu analysieren, was es war, das sie so … so stimmig gemacht hat. Die weichen Konturen der von Wind und Wetter gerundeten Hügel – welche Schönheit. Und jetzt, in der zunehmenden Dämmerung, fahren wir noch einmal an El Gigante vorbei – seine eindrucksvolle Silhouette überragt die Kirche neben ihm.

Die im sanften Schatten liegenden Hügel erinnern mich eigenartigerweise an die Hügel rechts und links der Route 50 bei Tracy in Kalifornien und an ein Foto, das ich 1960 von ihnen gemacht habe. Ich fühle mich wieder jung – oder vielmehr alterslos, zeitlos.

Eine dunkle, wohlgeformte, muskulöse Hand hängt aus dem Fenster eines Busses, den wir überholen. Sie ist etwas, das in sich schön ist. Ich bin nicht neugierig, wem sie gehört.

....

Die Morgendämmerung kündigt sich durch die strahlende, noch beinahe kreisrunde Scheibe des Mondes in meinem Fenster an. Sie taucht den Raum jeden Morgen gegen vier Uhr dreißig in ein gespenstisches, ätherisches Licht, und als wir jetzt, drei Stunden später, im hellen Sonnenschein aufbrechen, um uns durch die Stadt zum

Flughafen zu kämpfen, steht sie noch immer hoch am Himmel.

Achtzehn von uns nehmen die Frühmaschine nach Mexico City – von dort werden wir in verschiedene Städte der USA fliegen.

John, Carol und Robbin sind herunter in die Hotelhalle gekommen, um sich von uns zu verabschieden. Es gibt innige Umarmungen, und man äußert die Hoffnung, einander wiederzusehen, vielleicht später, bei einem neuerlichen Besuch in Oaxaca. Ich werde die drei natürlich in einigen Wochen in New York sehen, aber einige von den anderen werden vielleicht sehr lange darauf warten müssen.

Unterwegs zum Flughafen denke ich über diese Reise nach Oaxaca nach. Offiziell war sie eine Farnexkursion, eine ausgedehntere Version der Ausflüge, wie wir sie oft an Samstagen im Sommer in die Umgebung von New York machen. Und das war sie auch: ein wunderbares Farn-Abenteuer mit Neuigkeiten und Überraschungen und Schönheit allenthalben. Doch sie hat mir auch offenbart, wie tief und groß die Liebe zu Farnen sein kann – ich denke dabei an John, der sein Leben riskiert hat, um ein *Elaphoglossum* zu bekommen – und wie stark das Band dieser gemeinsamen Begeisterung ist. Vor nur zehn Tagen waren wir praktisch Fremde füreinander, doch in dieser kurzen Zeit sind wir zu guten Freunden, zu einer Art innigen Gemeinschaft geworden. Wir gehen so traurig und widerwillig auseinander wie eine Theatertruppe am Ende der Tournee.

David und ich tauschen ein letztes M-O-R aus.

»Mispickel!«

»Operment!«

»Realgar!« Ein großartiger Mann. Ich werde ihm schreiben und hoffe, ihn irgendwann wiederzusehen.

Anmerkungen

1 Oliver Sacks: *Der Tag, an dem mein Bein fortging*; Rowohlt, 1991

2 So hieß es jedenfalls, als ich ein Junge war. Nach dem gegenwärtigen Stand der Forschung, der sich nicht nur auf Morphologie und die Datierung fossiler Funde, sondern auch auf DNA-Sequenzierungen stützt, ist diese einfache Abstammungstheorie überholt. Es deutet vieles darauf hin, dass Lycopodien, Farne (einschließlich der Farnartigen) und samentragende Pflanzen die drei Abstammungslinien vaskulärer Pflanzen darstellen, die sich im Silur aus einem gemeinsamen Urahn entwickelt haben.

3 Connie Barlow vertritt in ihrem Buch *The Ghosts of Evolution* die These, dass das beinahe vollständige Verschwinden der wilden Avocado vor zwölf- bis dreizehntausend Jahren durch das Aussterben des riesigen Toxodon und anderer großer, pflanzenfressender Säugetiere – des Riesenfaultiers, des Riesengürteltiers, des Gomphotheriums – eingeleitet wurde, denn nur diese Tiere waren groß genug, um die Avocadofrucht mitsamt dem großen Kern unzerkaut zu verschlucken und die Samen dann in verschiedenen Teilen des Waldes auszuscheiden. Kleinere Tiere wie der Tapir können nur das Fruchtfleisch vom Kern nagen und diesen dann ausspucken, und das garantiert nicht die nötige Ver-

breitung. Im Grunde teilt die Avocado das Schicksal der Dattelpalme: Der Anbau durch die Menschen erhält die Art am Leben. Es ist eine Ironie des Schicksals, dass die riesigen pleistozänischen Säugetiere möglicherweise durch den Menschen ausgerottet worden sind.

4 Robbin und ich haben eine Vorliebe für fluoreszierende Mineralien. Dieser Kalkstein machte uns neugierig (wir hatten den fluoreszierenden Kalzit in der Franklinmine in New Jersey gesehen), und so nahmen wir ein Stück davon mit ins Hotel, wo wir es unter einer UV-Lampe, die Robbin mitgebracht hatte, untersuchten. Es fluoreszierte hell orangefarben, wie ein glühendes Stück Kohle.

5 Die meisten Pflanzen der Welt – mehr als neunzig Prozent der bekannten Arten – sind durch riesige unterirdische Pilzgeflechte, die Myzelien, verbunden. Diese Symbiose reicht zurück bis zum Ursprung der Landpflanzen vor 400 Millionen Jahren. Die Geflechte sind unerlässlich für das Wohlergehen der Pflanzen und fungieren als lebendige Kanäle für den Austausch von Wasser und lebenswichtigen Mineralien (und vielleicht auch von organischen Stoffen). Dieser Austausch findet nicht nur zwischen Pflanzen und Pilzen, sondern auch zwischen den Pflanzen statt. Ohne das »zarte, hauchdünne Netz« der Myzelien, schreibt David Wolfe in *Tales from the Underground*, »würden die turmhohen Kiefern, Eichen, Redwood- und Eukalyptusbäume unserer Wälder unter starker Belastung umstürzen«. Und auch ein großer Teil der Landwirtschaft würde zusammenbrechen, denn diese Pilzgeflechte stellen oft eine Verbindung zwischen sehr verschiedenen Spezies her – zwischen Hülsen-

früchten und Getreidepflanzen beispielsweise oder zwischen Erlen und Kiefern. Die stickstoffreichen Hülsenfrüchte und Erlen verbessern den Boden daher nicht nur, wenn sie sterben und zerfallen, sondern können mithilfe der Myzelien auch einen erheblichen Teil ihres Stickstoffs an benachbarte Pflanzen abgeben. Durch diese unzähligen unterirdischen Kanäle (und durch die Stoffe, die sie in die Atmosphäre abgeben, wenn sie zur Fortpflanzung bereit sind oder angegriffen werden) stehen Pflanzen also miteinander in Verbindung. Sie führen kein so einsames Leben, wie man denken könnte, sondern bilden komplexe, interaktive und einander stützende Gemeinschaften.

6 Anscheinend hatte ich mich verhört, denn als ich später die anderen fragte, was ein »*Civocarpus*« sei, hatte keiner auch nur die leiseste Ahnung.

7 Im Gegensatz zu anderen wirbellosen Tieren sind Heuschrecken aufgrund einer rabbinischen Sondergenehmigung koscher. (Hat nicht auch Johannes der Täufer von Heuschrecken und wildem Honig gelebt?) Diese Erlaubnis erschien mir stets vernünftig, ja sogar notwendig, denn das Leben im alten Israel war hart, und in Hungerzeiten waren Heuschrecken – wie Manna – ein Geschenk des Himmels. Und sie kamen zu Millionen und vernichteten die ohnehin stets gefährdeten Ernten. Dass diese alles zerstörenden Schädlinge ihrerseits gegessen wurden, erscheint also als Akt ausgleichender, verzehrender Gerechtigkeit.

8 In seiner Autobiografie schildert James Lovelock die Faszination, die er empfand, als er als junger Lehrling in einer Farbenfabrik Karminrot aus Koschenilleschildläusen her-

stellen musste. Die verarbeiteten Mengen waren gewaltig: Ein Sack mit fünfzig Kilo Schildläusen wurde in einen riesigen, mit kochender Essigsäure gefüllten Kupferkessel geleert. (»Es sah aus wie auf den Bildern aus der Werkstatt eines Alchemisten.«) Nachdem die Masse vier Stunden lang auf kleiner Flamme gekocht hatte, wurde die dunkle, braunrote Flüssigkeit in einen anderen Kessel gefüllt und erst mit Alaun und dann mit Ammoniak behandelt. Das Ammoniak fällte die Karminpigmente aus, die Lovelock ausfiltern, reinigen und trocknen musste. Jetzt endlich hatte er reines Karminpulver vor sich, eine, wie er schreibt, »reine Farbe von solcher Intensität, dass sie mein Farbempfinden durch die Augen aus dem Gehirn zu saugen schien. Welche Freude, an dem Umwandlungsprozess von getrockneten Schildläusen in makellos reines Karminrot Anteil zu haben! Ich kam mir vor wie ein Zauberlehrling.«

9 Als ich dies später gegenüber Robbin äußerte, war dieser ziemlich indigniert. Die *Llavea*, sagte er, sei so außergewöhnlich, weil bei ihr die Fortpflanzungsorgane, die fruchtbaren Fieder, auf denselben Blättern säßen wie die unfruchtbaren und weil die beiden vollkommen verschiedene Formen hätten. Verrückt! Die Seltenheit der *Llavea* und ihr sehr kleines Verbreitungsgebiet machten sie doppelt faszinierend. »So etwas hat nicht gerade jeder Farn zu bieten!«, rief er.

OLIVER SACKS, geboren 1933 in London, war Professor für klinische Neurologie am Albert Einstein College in New York. Bekannt wurde er als Autor zahlreicher Bestseller, u.a. »Der Mann, der seine Frau mit einem Hut verwechselte« und »Der Tag, an dem mein Bein fortging«. Seine bahnbrechende Studie über die Schlafkrankheit wurde unter dem Titel »Zeit des Erwachens« mit Robin Williams und Robert De Niro verfilmt. Sacks' Werke wurden in 21 Sprachen übersetzt und mit dem Hawthornden Prize sowie dem Wingate Literary Prize ausgezeichnet. 1996 wurde er in die American Academy of Arts and Sciences aufgenommen. Oliver Sacks war Mitglied des New Yorker Klubs für Mineralogie, der Stereoskopischen Gesellschaft sowie der Amerikanischen Farngesellschaft. Er verstarb 2015.